MAIGRET ET LA JEUNE MORTE

Georges Simenon, écrivain belge de langue française, est né à Liège en 1903. Il décide très jeune d'écrire. Il a seize ans lorsqu'il devient journaliste à *La Gazette de Liège,* d'abord chargé des faits divers puis des billets d'humeur consacrés aux rumeurs de sa ville. Son premier roman, signé sous le pseudonyme de Georges Sim, paraît en 1921 : *Au pont des Arches, petite histoire liégeoise.* En 1922, il s'installe à Paris avec son épouse peintre Régine Renchon, et apprend alors son métier en écrivant des contes et des romans-feuilletons dans tous les genres : policier, érotique, mélo, etc. Près de deux cents romans parus entre 1923 et 1933, un bon millier de contes, et de très nombreux articles...

En 1929, Simenon rédige son premier Maigret qui a pour titre : *Pietr le Letton.* Lancé par les éditions Fayard en 1931, le commissaire Maigret devient vite un personnage très populaire. Simenon écrira en tout soixante-douze aventures de Maigret (ainsi que plusieurs recueils de nouvelles) jusqu'à *Maigret et monsieur Charles,* en 1972.

Peu de temps après, Simenon commence à écrire ce qu'il appellera ses « romans-romans » ou ses « romans durs » : plus de cent dix titres, du *Relais d'Alsace* paru en 1931 aux *Innocents,* en 1972, en passant par ses ouvrages les plus connus : *La Maison du canal* (1933), *L'homme qui regardait passer les trains* (1938), *Le Bourgmestre de Furnes* (1939), *Les Inconnus dans la maison* (1940), *Trois chambres à Manhattan* (1946), *Lettre à mon juge* (1947), *La neige était sale* (1948), *Les Anneaux de Bicêtre* (1963), etc. Parallèlement à cette activité littéraire foisonnante, il voyage beaucoup, quitte Paris, s'installe dans les Charentes, puis en Vendée pendant la Seconde Guerre mondiale. En 1945, il quitte l'Europe et vivra aux Etats-Unis pendant dix ans ; il y épouse Denyse Ouimet. Il regagne ensuite la France et s'installe définitivement en Suisse. En 1972, il décide de cesser d'écrire. Muni d'un magnétophone, il se consacre alors à ses vingt-deux *Dictées,* puis, après le suicide de sa fille Marie-Jo, rédige ses gigantesques *Mémoires intimes* (1981).

Simenon s'est éteint à Lausanne en 1989. Beaucoup de ses romans ont été adaptés au cinéma et à la télévision.

GEORGES SIMENON

Maigret et la jeune morte

PRESSES DE LA CITÉ

1

*Où l'inspecteur Lognon découvre un corps
et où il se plaint qu'on le lui chipe*

Maigret bâilla, poussa les papiers vers le bout
du bureau.

— Signez ça, les enfants, et vous pourrez aller
vous coucher.

Les « enfants » étaient probablement les trois
gaillards les plus durs à cuire qui fussent passés par
la P.J. depuis un an. L'un d'eux, celui qu'on appelait Dédé, avait l'aspect d'un gorille, et le plus fluet,
qui avait un œil au beurre noir, aurait pu gagner sa
vie comme lutteur forain.

Janvier leur passait les papiers, une plume, et,
maintenant qu'ils venaient enfin de lâcher le morceau, ils ne se donnaient plus la peine de discuter,
ne lisaient même pas le procès-verbal de leur interrogatoire, et signaient d'un air dégoûté.

L'horloge de marbre marquait trois heures et
quelques minutes et la plupart des bureaux du Quai

des Orfèvres étaient plongés dans l'obscurité. Depuis longtemps, on n'entendait plus d'autre bruit qu'un lointain klaxon ou les freins d'un taxi qui dérapait sur le pavé mouillé. Au moment de leur arrivée, la veille, les bureaux étaient déserts aussi, parce qu'il n'était pas neuf heures du matin et que le personnel n'était pas encore là. Il pleuvait déjà, de cette pluie fine et mélancolique qui tombait toujours.

Cela faisait plus de trente heures qu'ils étaient entre les mêmes murs, tantôt ensemble, tantôt séparément, tandis que Maigret et cinq de ses collaborateurs se relayaient pour les harceler.

— Des imbéciles ! avait dit le commissaire dès qu'il les avait vus. Ce sera long.

Les imbéciles, à l'esprit buté, sont toujours les plus longs à se mettre à table. Ils s'imaginent qu'en ne répondant pas, ou qu'en répondant n'importe quoi, quitte à se contredire toutes les cinq minutes, ils parviendront à s'en tirer. Se croyant plus malins que les autres, ils commencent invariablement par crâner.

« — Si vous croyez que vous allez m'avoir ! »

Depuis des mois, ils opéraient aux alentours de la rue La Fayette et les journaux les appelaient les perceurs de murailles. Grâce à un coup de téléphone anonyme, on leur avait enfin mis la main dessus.

Il y avait encore un fond de café dans les tasses, une petite cafetière d'émail sur un réchaud. Tout le monde avait les traits tirés, le teint gris. Maigret avait tellement fumé qu'il en avait la gorge irritée et il se disait que, les trois hommes embarqués, il proposerait à Janvier d'aller manger une soupe à l'oignon quelque part. Son envie de sommeil était passée. C'est vers onze heures qu'il avait eu un coup de fatigue et il était allé somnoler un moment dans son bureau. Maintenant, il ne pensait plus à dormir.

— Demande à Vacher de les conduire.

Juste au moment où ils sortaient du bureau des inspecteurs, la sonnerie du téléphone retentit, Maigret décrocha, une voix fit :

— Qui tu es, toi ?

Il fronça les sourcils, ne répondit pas tout de suite. A l'autre bout du fil, on questionnait :

— Jussieu ?

C'était le nom de l'inspecteur qui aurait dû être de garde et que Maigret avait renvoyé chez lui à dix heures.

— Non. Maigret, grommela-t-il.

— Je vous demande pardon, monsieur le commissaire. Ici, Raymond, du Central.

L'appel venait de l'autre bâtiment où, dans une pièce immense, aboutissent tous les appels de Police-Secours. Dès que la glace d'une des bornes rouges installées un peu partout dans Paris était brisée, une petite lampe s'allumait sur une carte qui occupait un pan de mur entier et un homme plantait sa fiche dans un des trous du standard téléphonique.

« — Le Central écoute. »

Il s'agissait tantôt d'une bagarre, tantôt d'un ivrogne récalcitrant, tantôt d'un agent en patrouille qui avait besoin d'aide.

L'homme du Central plantait sa fiche dans un autre trou.

« — Le poste de la rue de Grenelle ? C'est toi, Justin ? Envoie un car sur le quai, à hauteur du 210... »

Ils étaient deux ou trois, au Central, à passer la nuit et sans doute, eux aussi, à se préparer du café. Parfois, quand il s'agissait d'un événement grave, ils alertaient la P.J. D'autres fois, il leur arrivait de téléphoner au Quai pour prendre contact avec un copain. Maigret connaissait Raymond.

— Jussieu est parti, dit-il. Tu avais quelque chose de particulier à lui dire ?

— Seulement qu'on vient de découvrir le cadavre d'une jeune fille, place Vintimille.

— Pas de détails ?

— Les hommes du 2ᵉ Quartier doivent être sur les lieux à l'heure qu'il est. J'ai reçu l'appel il y a trois minutes.

— Je te remercie.

Les trois malabars avaient quitté le bureau. Janvier revenait, les paupières un peu rouges, comme chaque fois qu'il passait la nuit, avec la barbe qui lui poussait et lui donnait un air mal portant.

Maigret endossait son pardessus, cherchait son chapeau.

— Tu viens ?

Ils descendirent l'escalier l'un derrière l'autre. Normalement, c'est aux Halles qu'ils seraient allés manger une soupe à l'oignon. Devant les petites autos noires rangées dans la cour, Maigret hésita.

— On vient de découvrir une jeune fille morte, place Vintimille, dit-il.

Puis, comme quelqu'un qui cherche un prétexte pour ne pas aller se coucher :

— On va voir ?

Janvier se mit au volant d'une des voitures. Ils étaient tous les deux trop abrutis par les heures d'interrogatoire qu'ils venaient de mener pour parler.

L'idée ne vint pas à Maigret que le 2e Quartier était le secteur de Lognon, celui que ses collègues surnommaient l'inspecteur Malgracieux. Y aurait-il pensé, cela n'aurait pas fait de différence, car Lognon n'était pas nécessairement en service de nuit au poste de la rue de La Rochefoucauld.

Les rues étaient désertes, mouillées, avec de fines gouttes qui mettaient une auréole aux becs de gaz, et de rares silhouettes qui rasaient les murs. Au coin de la rue Montmartre et des Grands Boulevards, un café était encore ouvert et, plus loin, ils aperçurent les enseignes lumineuses de deux ou trois boîtes de nuit, des taxis qui attendaient le long des trottoirs.

A deux pas de la place Blanche, la place Vintimille était comme un îlot paisible. Un car de la police stationnait. Près de la grille du square minuscule, quatre ou cinq hommes se tenaient debout autour d'une forme claire étendue sur le sol.

Tout de suite, Maigret reconnut la silhouette courte et maigre de Lognon. L'inspecteur Malgracieux s'était détaché du groupe pour voir qui arrivait et, de son côté, il reconnaissait Maigret et Janvier.

— Catastrophe ! grommela le commissaire.

Car Lognon, évidemment, allait encore l'accuser de l'avoir fait exprès. Ici, on était dans son quartier, dans son domaine. Un drame survenait alors qu'il était de garde, lui fournissant peut-être l'occasion de se distinguer qu'il attendait depuis tant d'années. Or, une succession de hasards amenait Maigret sur les lieux presque en même temps que lui !

— On vous a téléphoné chez vous ? questionna-t-il, soupçonneux, déjà persuadé que c'était une conspiration ourdie contre lui.

— J'étais au Quai. Raymond a donné un coup de fil. Je suis venu voir.

Maigret n'allait quand même pas, pour ménager la susceptibilité de Lognon, s'en aller sans savoir de quoi il s'agissait.

— Elle est morte ? questionna-t-il en désignant la femme étendue sur le trottoir.

Lognon fit signe que oui. Trois agents en uniforme étaient là, ainsi qu'un couple, des gens qui passaient et qui, le commissaire l'apprit plus tard, avaient aperçu le corps et donné l'alarme. Si cela s'était produit à cent mètres de là seulement, il y aurait déjà un attroupement important mais peu de monde, la nuit, traverse la place Vintimille.

— Qui est-ce ?

— On ne sait pas. Elle n'a pas de papiers.

— Pas de sac à main ?

— Non.

Maigret fit trois pas, se pencha. La jeune femme était couchée sur le côté droit, une joue sur le trottoir mouillé, un de ses pieds déchaussé.

— On n'a pas retrouvé son soulier ?

Lognon fit signe que non. C'était assez inattendu de voir les doigts de pied à travers le bas de soie. Elle portait une robe du soir en satin bleu pâle et,

12

peut-être à cause de sa pose, cette robe paraissait trop grande pour elle.

Le visage était jeune. Maigret pensa qu'elle ne devait pas avoir plus d'une vingtaine d'années.

— Le docteur ?

— Je l'attends. Il devrait être ici.

Maigret se tourna vers Janvier.

— Tu devrais appeler l'Identité Judiciaire. Qu'ils envoient les photographes.

On ne voyait pas de sang sur la robe. En se servant de la torche électrique d'un des agents, le commissaire éclaira le visage et il lui sembla que l'œil visible était légèrement tuméfié, la lèvre supérieure gonflée.

— Pas de manteau ? questionna-t-il encore.

On était en mars. L'air était plutôt doux, pas assez, cependant, pour qu'on se promène la nuit, surtout sous la pluie, avec une robe légère qui ne couvrait pas les épaules et ne tenait que par d'étroites bretelles.

— Elle n'a probablement pas été tuée ici, murmura Lognon, lugubre, avec l'air de faire son devoir en aidant le commissaire, mais de se désintéresser personnellement de l'affaire.

Exprès, il se tenait un peu à l'écart. Janvier s'était dirigé vers un des bars de la place Blanche pour téléphoner. Un taxi s'arrêta bientôt, qui amenait un médecin du quartier.

— Vous pouvez jeter un coup d'œil, docteur, mais ne la changez pas de position avant l'arrivée des photographes. Il n'y a aucun doute qu'elle soit morte.

Le médecin se pencha, toucha le poignet, la poitrine, se releva, indifférent, sans un mot, et attendit comme les autres.

— Tu viens ? questionnait la femme qui tenait le bras de son mari et commençait à avoir froid.

— Attends encore un peu.

— Attendre quoi ?

— Je ne sais pas. Ils vont sans doute faire quelque chose.

Maigret se tourna vers eux.

— Vous avez donné votre nom et votre adresse ?

— A ce monsieur-là, oui.

Ils désignaient Lognon.

— Quelle heure était-il quand vous avez découvert le corps ?

Ils se regardèrent.

— Nous avons quitté le cabaret à trois heures.

— Trois heures cinq, rectifia la femme. J'ai consulté mon bracelet-montre pendant que tu prenais ton vestiaire.

— Peu importe. Il ne nous a fallu que trois ou quatre minutes pour arriver ici. Nous allions contourner la place quand j'ai vu une tache claire sur le trottoir.

— Elle était déjà morte ?

— Je suppose. Elle ne bougeait pas.

— Vous n'y avez pas touché ?

L'homme fit signe que non.

— J'ai envoyé ma femme avertir la police. Il existe un poste de Police-Secours au coin du boulevard de Clichy. Je le connais, car nous habitons boulevard des Batignolles, à deux pas.

Janvier ne tarda pas à revenir.

14

— Ils seront ici dans quelques minutes, annonça-t-il.

— Je suppose que Moers n'était pas là ?

Sans être capable de dire pourquoi, Maigret avait l'impression que c'était une affaire assez compliquée qui commençait. Il attendait, la pipe à la bouche, les mains dans les poches, jetait de temps en temps un coup d'œil à la forme étendue. La robe bleue, loin d'être neuve, n'était pas très fraîche et le tissu en était assez vulgaire. Cela aurait pu être la robe d'une des nombreuses entraîneuses qui travaillent dans les boîtes de Montmartre. Le soulier aussi, un soulier argenté, à talon très haut, dont on voyait la semelle usée, aurait pu appartenir à l'une d'elles.

La première idée qui venait à l'esprit était qu'une entraîneuse, en rentrant chez elle, avait été attaquée par quelqu'un qui lui avait volé son sac à main. Mais, dans ce cas, une des chaussures n'aurait pas disparu et on ne se serait probablement pas donné la peine d'emporter le manteau de la victime.

— Elle a dû être tuée ailleurs, dit-il à Janvier, à mi-voix.

Lognon, qui tendait l'oreille, entendit, se contenta d'une sorte de rictus, car il avait été le premier à avancer cette théorie.

Si elle avait été tuée ailleurs, pourquoi était-on venu déposer son cadavre sur cette place ? Il n'était pas vraisemblable que l'assassin eût transporté la jeune femme sur son épaule. Il avait dû se servir d'une voiture. Dans ce cas, il lui aurait été facile de la cacher dans quelque terrain vague ou de la jeter à la Seine.

Maigret ne s'avouait pas que ce qui l'intriguait le plus, c'était le visage de la victime. Il n'en connaissait encore qu'un profil. Peut-être les meurtrissures lui donnaient-elles cet air boudeur ? On aurait dit une petite fille de mauvaise humeur. Ses cheveux bruns rejetés en arrière, très souples, ondulaient naturellement. Son maquillage, sous la pluie, s'était un peu dilué et, au lieu de la vieillir ou de l'enlaidir, cela la rendait plus jeune, plus attachante.

— Venez un instant, Lognon.

Maigret l'emmenait à l'écart.

— Je vous écoute, patron.

— Vous avez une idée ?

— Vous savez bien que je n'ai jamais d'idées. Je ne suis qu'un inspecteur de quartier.

— Vous n'avez jamais vu cette fille ?

Lognon était l'homme qui connaissait le mieux les alentours de la place Blanche et de la place Pigalle.

— Jamais.

— Une entraîneuse ?

— Si c'en est une, ce n'est pas une régulière. Je les connais à peu près toutes.

— J'aurai besoin de vous.

— Vous n'êtes pas obligé de dire ça pour me faire plaisir. Du moment que le Quai des Orfèvres s'occupe de l'affaire, cela ne me regarde plus. Remarquez que je ne proteste pas. C'est naturel. J'ai l'habitude. Vous n'aurez qu'à me donner des ordres et je ferai de mon mieux.

— Peut-être ne serait-il pas mauvais, dès maintenant, de questionner les portiers des boîtes de nuit ?

Lognon jeta un coup d'œil au corps étendu, soupira :

— J'y vais.

Dans son esprit, c'était exprès qu'on l'éloignait. On le vit traverser la rue, de sa démarche toujours fatiguée, et il eut soin de ne pas se retourner.

La voiture de l'Identité Judiciaire arrivait. Un des agents s'efforçait d'écarter un ivrogne qui s'était approché et s'indignait qu'on ne portât pas secours à la « petite dame ».

— Vous êtes tous les mêmes, vous autres flics. Parce que quelqu'un a bu un coup de trop...

Les photos prises, le docteur put se pencher sur le corps et le mettre sur le dos, découvrant le visage entier, qui, ainsi, avait l'air encore plus jeune.

— De quoi est-elle morte ? questionnait Maigret.

— Fracture du crâne.

Le médecin avait les doigts dans les cheveux de la morte.

— Elle a été frappée sur la tête avec un objet très lourd, un marteau, une clef anglaise, un tuyau de plomb, que sais-je ? Avant, elle a reçu d'autres coups au visage, probablement des coups de poing.

— Vous pouvez déterminer approximativement l'heure de sa mort ?

— A mon avis, entre deux et trois heures du matin. Le docteur Paul vous fournira plus de précisions après l'autopsie.

La camionnette de l'Institut Médico-Légal était arrivée aussi. Les hommes n'attendaient qu'un signe pour placer le corps sur une civière et l'emporter vers le pont d'Austerlitz.

— Allez-y ! soupira Maigret.

Il chercha Janvier des yeux.

— On va manger un morceau ?

Ils n'avaient plus faim ni l'un ni l'autre, mais ils s'attablèrent néanmoins dans une brasserie où, parce qu'ils l'avaient décidé une heure plus tôt, ils commandèrent une soupe à l'oignon. Maigret avait donné des instructions pour qu'une photographie de la morte soit envoyée aux journaux afin que, si possible, elle paraisse encore dans les éditions du matin.

— Vous allez là-bas ? questionna Janvier.

Maigret savait qu'il faisait allusion à la Morgue, qu'on appelait maintenant l'Institut Médico-Légal.

— Je crois que je vais y passer.

— Le docteur Paul y sera. Je lui ai téléphoné.

— Un calvados ?

— Si vous voulez.

Deux femmes mangeaient de la choucroute à une table voisine, des entraîneuses, en robe du soir toutes les deux, et Maigret les observait avec attention comme s'il cherchait à discerner les différences les plus subtiles entre elles et la jeune morte.

— Tu rentres chez toi ?

— Je vous accompagne, décida Janvier.

Il était quatre heures et demie quand ils pénétrèrent à l'Institut Médico-Légal où le docteur Paul, qui venait d'arriver, était en train de passer une blouse blanche, une cigarette collée à la lèvre inférieure, comme toujours quand il allait pratiquer une autopsie.

— Vous l'avez examinée, docteur ?

— J'ai jeté un coup d'œil.

18

Le corps était nu sur une dalle de marbre et Maigret détourna le regard.

— Qu'est-ce que vous en pensez ?

— Je lui donne entre dix-neuf et vingt-deux ans. Elle avait une bonne santé mais je soupçonne qu'elle était sous-nourrie.

— Une entraîneuse de cabaret ?

Le docteur Paul le regarda avec des petits yeux malins.

— Vous voulez dire une fille qui couche avec les clients ?

— Plus ou moins.

— Alors, la réponse est non.

— Comment pouvez-vous être si catégorique ?

— Parce que cette fille-là n'a jamais couché avec personne.

Janvier, qui regardait machinalement le corps éclairé par un réflecteur électrique, détourna la tête en rougissant.

— Vous en êtes sûr ?

— Certain.

Il enfilait ses gants de caoutchouc, préparait des instruments sur une table émaillée.

— Vous restez ici ?

— Nous passons à côté. Vous en avez pour longtemps ?

— Moins d'une heure. Cela dépend de ce que je vais trouver. Vous voulez une analyse du contenu de l'estomac ?

— De préférence. On ne sait jamais.

Maigret et Janvier gagnèrent un bureau voisin où ils s'assirent, l'air aussi compassé que dans une salle d'attente. Tous les deux gardaient sur la rétine l'image du jeune corps blanc.

— Je me demande qui elle est, murmura Janvier après un long silence. On ne se met en robe du soir que pour aller au théâtre, dans certains cabarets de nuit ou pour une soirée mondaine.

Ils devaient avoir tous les deux la même idée. Quelque chose clochait. Les réceptions mondaines pour lesquelles on se met en tenue du soir ne sont pas nombreuses et il est rare d'y voir une robe aussi bon marché et aussi défraîchie que celle de l'inconnue.

Après ce que le docteur Paul venait d'affirmer, d'autre part, il devenait difficile d'imaginer la jeune femme travaillant dans une des boîtes de Montmartre.

— Un mariage ? suggéra Maigret sans y croire. C'est encore une occasion pour laquelle on s'habille.

— Vous le pensez ?

— Non.

Et Maigret soupira en allumant une pipe :

— Attendons.

Il y avait dix minutes qu'ils se taisaient tous les deux quand il dit à Janvier :

— Cela t'ennuierait d'aller chercher ses vêtements ?

— Vous voulez vraiment ?

Le commissaire fit oui de la tête.

— A moins que tu n'en aies pas le courage.

Janvier ouvrit la porte, disparut l'espace de deux minutes à peine et, quand il revint, il était si pâle que Maigret craignit de le voir vomir. Il tenait à la main la robe bleue, du linge blanc.

— Paul a bientôt fini ?

— Je ne sais pas. J'ai préféré ne pas regarder.

— Passe-moi la robe.

Elle avait été souvent lavée, et, en écartant l'ourlet, on constatait que la couleur s'était éteinte. Une griffe portait les mots : « Mademoiselle Irène, 35 *bis,* rue de Douai. »

— C'est près de la place Vintimille, remarqua Maigret.

Il examina les bas, — un des pieds était détrempé, — la culotte, le soutien-gorge, une étroite ceinture à jarretelles.

— C'est tout ce qu'elle avait sur le corps ?

— Oui. Le soulier vient de la rue Notre-Dame-de-Lorette.

Toujours dans le quartier. Sans l'affirmation du docteur Paul, cela correspondrait exactement à une entraîneuse ou à une jeune femme qui cherche l'aventure à Montmartre.

— Peut-être Lognon va-t-il découvrir quelque chose ? suggéra Janvier.

— J'en doute.

Ils étaient aussi mal à l'aise l'un que l'autre, car ils ne pouvaient s'empêcher de penser à ce qui se passait de l'autre côté de la porte. Il s'écoula trois quarts d'heure avant que celle-ci s'ouvrît. Quand ils regardèrent dans la pièce voisine, le cadavre n'y était plus, un homme de l'Institut Médico-Légal refermait un des tiroirs métalliques dans lesquels on garde les corps.

Le docteur Paul retirait sa blouse, allumait une cigarette.

— Je n'ai pas découvert grand-chose, dit-il. La mort a été causée par la fracture du crâne. Il y a eu, non pas un coup, mais plusieurs, trois au moins, frappés avec violence. Il m'est impossible d'établir de quel objet on s'est servi. Cela peut être aussi bien un outil qu'un chenêt de cuivre ou un chandelier, n'importe quoi de lourd et de dur. La femme est d'abord tombée sur les genoux et a essayé de se raccrocher à quelqu'un, car j'ai prélevé des brins de laine sombre sous les ongles. Je les enverrai tout à l'heure au laboratoire. Le fait qu'il s'agisse de laine semble indiquer que ce sont des vêtements d'homme qu'elle a agrippés de la sorte.

— Il y a donc eu lutte.

Le docteur Paul ouvrait un placard où, avec sa blouse, ses gants de caoutchouc et divers objets, il gardait une bouteille de fine.

— Vous en voulez un verre ?

Maigret accepta sans fausse honte. Janvier, voyant ça, fit oui de la tête.

— Ce que je vais ajouter n'est qu'une opinion personnelle. Avant de la frapper avec un instrument quelconque, on lui a donné des coups au visage, avec le poing ou même à main plate. Je dirais volontiers qu'on lui a flanqué une bonne paire de gifles. J'ignore si c'est à ce moment-là qu'elle est tombée sur les genoux, mais je suis disposé à le croire et ce serait alors qu'on aurait décidé d'en finir avec elle.

— Autrement dit, elle n'a pas pu être attaquée par-derrière ?

— Certainement pas.

— Il ne s'agit donc pas d'un malandrin qui l'a surprise à un coin de rue ?

— A mon avis, non. Et rien ne prouve que cela se soit passé dehors.

— Le contenu de l'estomac ne vous a rien appris ?

— Si. L'analyse de sang aussi.

— Quoi ?

Il y eut sur les lèvres du docteur Paul un léger sourire qui semblait dire :

« — Attention ! Je vais vous décevoir. »

Il prit un temps, comme quand il racontait une des bonnes histoires dont il avait la spécialité.

— Elle était au moins aux trois quarts ivre.

— Vous êtes sûr ?

— Vous trouverez demain, dans mon rapport, le pourcentage d'alcool relevé dans son sang. Je vous enverrai aussi le résultat de l'analyse complète que je vais entreprendre du contenu de l'estomac. Le dernier repas a dû être pris six ou huit heures environ avant sa mort.

— Elle est morte à quelle heure ?

— Aux environs de deux heures du matin. Avant deux heures plutôt qu'après.

— Cela met son dernier repas à six ou sept heures du soir.

— Mais pas son dernier verre.

Il était improbable que le corps soit resté longtemps place Vintimille avant d'être découvert. Dix minutes ? Un quart d'heure ? Certainement pas davantage.

De sorte qu'il s'était écoulé au moins trois quarts

d'heure entre le moment de la mort et celui auquel on avait déposé le corps sur le trottoir.

— Des bijoux ?

Paul passa dans la pièce voisine pour aller les chercher. Il y avait une paire de boucles d'oreilles en or, ornées de rubis très petits dessinant une fleur, et une bague ornée, elle aussi, d'un rubis un peu plus grand. Ce n'était pas de la pacotille, pas des bijoux de valeur non plus. Les trois pièces, d'après leur style, dataient d'une trentaine d'années, peut-être davantage.

— C'est tout ? Vous avez examiné ses mains ?

Une des spécialités du docteur Paul était de déterminer la profession des gens d'après les déformations plus ou moins accusées des mains et cela avait permis, à maintes reprises, l'identification d'inconnus.

— Elle devait faire un peu de ménage, pas beaucoup. Ce n'était ni une dactylo, ni une couturière. Voilà trois ou quatre ans, elle a été opérée de l'appendicite par un chirurgien de second ordre. C'est tout ce que je peux affirmer dès maintenant. Vous allez vous coucher ?

— Je crois, oui, murmura Maigret.

— Bonne nuit. Moi, je reste. Vous recevrez mon rapport vers neuf heures du matin. Encore un petit verre ?

Maigret et Janvier se retrouvèrent dehors et il commençait à y avoir des allées et venues à bord des péniches amarrées au quai.

— Je vous dépose chez vous, patron ?

Maigret dit oui. Ils passèrent devant la gare de Lyon où un train venait d'arriver. Le ciel pâlissait.

24

L'air était plus froid que durant la nuit. Quelques fenêtres étaient éclairées et, de loin en loin, un homme se rendait à son travail.

— Je ne veux pas te voir au bureau avant cet après-midi.

— Et vous ?

— Je vais probablement dormir aussi.

— Bonne nuit, patron.

Maigret monta l'escalier sans bruit. Comme il cherchait à introduire la clef dans la serrure, la porte s'ouvrit, Mme Maigret, en chemise de nuit, tourna l'interrupteur, le regarda avec des yeux que la lumière éblouissait.

— Tu rentres tard ! Quelle heure est-il ?

Même quand elle était profondément endormie, il n'arrivait pas à monter l'escalier sans qu'elle l'entende.

— Je ne sais pas. Passé cinq heures.

— Tu n'as pas faim ?

— Non.

— Viens vite te coucher. Une tasse de café ?

— Merci.

Il se déshabilla, se glissa dans le lit chaud. Au lieu de s'endormir, il continua à penser à la jeune morte de la place Vintimille. Il entendait, dehors, Paris s'éveiller petit à petit, des bruits isolés, plus ou moins lointains, espacés d'abord puis finissant par former une sorte de symphonie familière. Les concierges commençaient à traîner les poubelles au bord des trottoirs. Dans l'escalier résonnèrent les pas de la petite bonne du crémier qui allait poser les bouteilles de lait devant les portes.

Enfin, Mme Maigret se leva avec des précautions

infinies et il dut faire un effort pour ne pas se trahir en souriant. Il l'entendit dans la salle de bains, puis dans la cuisine où elle alluma le gaz, sentit bientôt l'odeur du café envahir l'appartement.

Il ne le faisait pas exprès de ne pas dormir. Sans doute parce qu'il était trop fatigué, le sommeil ne venait pas.

Sa femme sursauta quand, en pantoufles et en robe de chambre, il pénétra dans la cuisine où elle prenait son petit déjeuner. La lampe était encore allumée alors que, dehors, il faisait déjà jour.

— Tu ne dors pas ?

— Tu vois.

— Tu veux déjeuner ?

— Si c'est possible.

Elle ne lui demandait pas pourquoi il avait passé la plus grande partie de la nuit dehors. Elle avait remarqué que son pardessus était mouillé.

— Tu n'as pas pris froid ?

Quand il eut bu son café, il décrocha le téléphone, appela le poste du 2e Quartier.

— L'inspecteur Lognon est là ?

Les boîtes de nuit avaient depuis longtemps fermé leur porte et Lognon aurait pu aller se coucher. Il n'en était pas moins à son bureau.

— Lognon ? Ici, Maigret. Vous avez du nouveau ?

— Rien. J'ai visité tous les cabarets, interrogé les chauffeurs de taxis en stationnement.

Maigret s'y attendait, à cause de la petite phrase du docteur Paul.

— Je crois que vous pouvez aller vous coucher.

— Et vous ?

Dans le langage de Lognon, cela signifiait :

« — Vous m'envoyez dormir afin de poursuivre l'enquête à votre guise. De sorte qu'après on dira : « Cet imbécile de Lognon n'a rien trouvé ! »

Maigret pensa à Mme Lognon, maigre et dolente, que ses infirmités empêchaient de quitter l'appartement de la place Constantin-Pecqueur. Quand l'inspecteur rentrait chez lui, c'était pour l'entendre gémir et récriminer, pour faire le ménage et les courses.

« — Tu es sûr que tu as nettoyé sous le buffet ? »

Il eut pitié du Malgracieux.

— J'ai une petite indication. Je ne suis pas sûr que cela donne quelque chose.

L'autre se taisait au bout du fil.

— Si vous n'avez vraiment pas envie de dormir, je passerai vous prendre d'ici une heure ou deux.

— Je serai au bureau.

Maigret téléphona au Quai des Orfèvres pour qu'on lui envoie une voiture et qu'elle aille d'abord prendre, à l'Institut Médico-Légal, les vêtements de la jeune fille.

Ce n'est que dans son bain qu'il faillit s'endormir et, un moment, il fut tenté de téléphoner à Lognon afin que celui-ci aille voir, sans lui, Mademoiselle Irène, rue de Douai.

Il ne pleuvait plus. Le ciel était blanc, avec une certaine luminosité jaunâtre qui permettait d'espérer du soleil dans le courant de la journée.

— Tu rentres déjeuner ?

— Probablement. Je ne sais pas.

— Je croyais que tu comptais finir ton enquête la nuit dernière ?

— Elle est finie. Il s'agit d'une autre.

Il attendit, pour sortir, de voir la petite auto de la P.J. s'arrêter au bord du trottoir. Le chauffeur donna trois coups de klaxon. Maigret, par la fenêtre, lui fit signe qu'il arrivait.

— A tout à l'heure.

Dix minutes plus tard, comme l'auto roulait dans le faubourg Montmartre, il oubliait déjà qu'il n'avait pas dormi de la nuit.

— Tu arrêteras quelque part pour que nous avalions un coup de blanc ! dit-il.

2

Où le Malgracieux rencontre
une vieille connaissance
et où Lapointe est chargé d'une curieuse mission

L'inspecteur Lognon attendait au bord du trottoir, rue de La Rochefoucauld, et, même de loin, il avait l'air de courber les épaules sous le poids de la fatalité. Il portait invariablement des complets d'un gris souris qui n'étaient jamais repassés et son pardessus était gris aussi, son chapeau d'un vilain brun. Ce n'était pas parce qu'il venait de passer la nuit que, ce matin, son teint était bilieux, ni qu'il paraissait avoir un rhume de cerveau. C'était son aspect de tous les jours et, quand il sortait de son lit, il devait offrir le même spectacle désolant.

Maigret lui avait annoncé au téléphone qu'il passerait le prendre mais ne lui avait pas demandé de l'attendre dehors. C'était exprès que Lognon se tenait au bord du trottoir comme s'il y était planté depuis des heures. Non seulement on lui chipait son enquête, mais on lui faisait perdre son temps, et, après une nuit sans sommeil, on l'obligeait à se morfondre dans la rue.

En lui ouvrant la portière, Maigret jeta un coup d'œil à la façade du commissariat dont le drapeau déteint pendait dans l'air immobile : c'était dans ce bâtiment-là qu'il avait débuté jadis, non comme inspecteur, mais comme secrétaire du commissaire.

Lognon s'asseyait en silence, évitait de demander où on le conduisait. Le chauffeur, qui avait ses instructions, tournait à gauche et se dirigeait vers la rue de Douai.

C'était toujours délicat de parler à Lognon parce que, quoi qu'on dît, il trouvait moyen d'y voir matière à vexation.

— Vous avez lu le journal ?

— Je n'en ai pas eu le temps.

Maigret, qui venait de l'acheter, le tira de sa poche. La photographie de l'inconnue figurait en première page, rien que la tête, meurtrie à l'œil et à la lèvre. Elle n'en devait pas moins être reconnaissable.

— J'espère qu'à l'heure qu'il est, le Quai commence à recevoir des coups de téléphone, continuait le commissaire.

Et Lognon pensait :

« — Autrement dit, j'ai passé la nuit pour rien, à aller de boîte de nuit en boîte de nuit, de chauffeur de taxi en chauffeur de taxi. Il suffit de publier la photographie dans le journal et d'attendre les coups de téléphone ! »

Il ne ricanait pas. C'était difficile à expliquer. Son visage prenait une expression lugubre et résignée, comme s'il avait décidé d'être, pour une humanité cruelle et mal organisée, un reproche vivant.

Il ne posait aucune question. Il n'était qu'un humble rouage de la police et on ne fournit pas d'explications à un rouage.

La rue de Douai était déserte. Seule une concierge se tenait sur son seuil. L'auto s'arrêtait devant une boutique peinte en mauve au-dessus de laquelle on lisait en écriture anglaise : « Mademoiselle Irène ». Puis, dessous, en petits caractères : « Robes de haute couture ».

Dans la vitrine poussiéreuse, il n'y avait que deux robes, une blanche à paillettes et une robe de ville en soie noire. Maigret descendait, faisait signe au Malgracieux de le suivre, demandait au chauffeur de l'attendre et saisissait le paquet qu'on lui avait envoyé de l'Institut Médico-Légal, enveloppé de papier brun.

Quand il voulut ouvrir la porte, il constata qu'elle était fermée et que le bec-de-cane était enlevé. Il était passé neuf heures et demie. Le commissaire colla son visage à la vitre, aperçut de la lumière dans une pièce au-delà de la boutique et se mit à frapper.

Plusieurs minutes s'écoulèrent, comme s'il n'y avait personne à l'intérieur pour entendre le vacarme qu'il déclenchait de la sorte et, près de lui, Lognon attendait sans bouger, sans desserrer les dents. Il ne fumait pas, il y avait des années qu'il ne fumait plus, depuis que sa femme était malade et prétendait que la fumée lui donnait des étouffements.

Une silhouette finit par paraître à la porte du fond. Une fille assez jeune, dans une robe de chambre rouge qu'elle tenait croisée sur sa poitrine, les regarda tous les deux. Elle disparut, sans doute pour aller parler à quelqu'un, revint, traversa la boutique encombrée de robes et de manteaux, et se décida enfin à ouvrir la porte.

— Qu'est-ce que c'est ? demanda-t-elle en observant avec méfiance Maigret, puis Lognon, puis le paquet.

— Mademoiselle Irène ?

— Ce n'est pas moi.

— Elle est ici ?

— Le magasin n'est pas ouvert.

— Je désire parler à Mlle Irène.

— De la part de qui ?

— Commissaire Maigret, de la Police Judiciaire.

Elle ne parut ni surprise, ni effrayée. De près, on s'apercevait qu'elle n'avait pas plus de dix-huit ans. Ou bien elle était encore mal éveillée, ou bien son apathie lui était naturelle.

— Je vais voir, dit-elle, en se dirigeant vers la seconde pièce.

On l'entendit parler bas à quelqu'un. Puis il y eut des bruits comme si ce quelqu'un sortait d'un lit. Il fallut deux ou trois minutes à Mlle Irène pour se donner un coup de peigne et passer à son tour une robe de chambre.

C'était une femme d'un certain âge, blafarde, aux gros yeux bleus, aux cheveux rares, d'un blond qui tournait au blanc près de la racine. Elle ne fit d'abord que passer la tête pour les regarder et, quand elle s'approcha enfin, elle avait une tasse de café à la main.

Ce n'est pas à Maigret qu'elle s'adressa, mais à Lognon :

— Qu'est-ce que tu me veux encore, toi ? questionna-t-elle.

— Je ne sais pas. C'est le commissaire qui désire vous parler.

— Mademoiselle Irène ? questionna Maigret.

— Est-ce mon vrai nom que vous avez envie de savoir ? Si oui, je suis née Coumar, Elisabeth Coumar. Pour mon commerce, Irène fait mieux.

Maigret, qui s'était approché du comptoir, déballait son paquet, dont il retirait la robe bleue.

— Vous connaissez cette robe ?

Elle ne fit pas un pas pour la regarder de plus près, dit sans hésiter :

— Bien sûr.

— Quand l'avez-vous vendue ?

— Je ne l'ai pas vendue.

— Mais elle sort de chez vous ?

Elle ne leur proposait pas de s'asseoir, ne se montrait ni impressionnée, ni inquiète.

— Et après ?

— Quand l'avez-vous vue pour la dernière fois ?

— C'est important que vous le sachiez ?

— Cela peut être très important.

— Hier soir.

— A quelle heure ?

— Un peu après neuf heures.

— Votre magasin est ouvert à neuf heures du soir ?

— Je ne ferme jamais avant dix heures. Il arrive

presque tous les jours que des clientes aient un achat à faire au dernier moment.

Lognon devait être au courant mais prenait un air neutre, comme si tout cela ne le regardait pas.

— Je suppose que votre clientèle est surtout constituée par des entraîneuses et des artistes de cabaret ?

— De cela et du reste. Certaines se lèvent à huit heures du soir et il leur manque toujours quelque chose pour s'habiller ; des bas, une ceinture, un soutien-gorge, ou bien elles s'aperçoivent que leur robe a été déchirée la nuit précédente...

— Vous avez dit tout à l'heure que vous n'aviez pas vendu celle-ci !

Elle se tourna vers la jeune fille qui se tenait sur le seuil de la seconde pièce.

— Viviane ! Donne-moi une autre tasse de café.

La jeune fille vint lui prendre sa tasse avec un empressement d'esclave.

— C'est votre bonne ? questionna Maigret en la suivant des yeux.

— Non. Ma protégée. Elle est venue un soir, comme ça, elle aussi, et elle est restée.

Elle ne se donnait pas la peine d'expliquer. Sans doute Lognon, à qui elle jetait parfois un coup d'œil, était-il au courant ?

— Pour en revenir à hier soir... fit Maigret.

— Elle est venue...

— Un instant. Vous la connaissiez ?

— Je l'avais vue une fois.

— Quand ?

— Il y a peut-être un mois.

— Elle vous avait déjà acheté une robe ?

— Non. Elle m'en avait loué une.

— Vous louez des vêtements ?

— Cela m'arrive.

— Elle vous avait donné son nom et son adresse ?

— Je crois. J'ai dû l'écrire sur un bout de papier. Si vous voulez que je cherche...

— Tout à l'heure. La première fois, il s'agissait d'une robe du soir ?

— Oui. La même.

— Elle était venue aussi tard ?

— Non. Tout de suite après le dîner, vers huit heures. Elle avait besoin d'une robe du soir et elle m'a avoué qu'elle ne pouvait pas s'en acheter une. Elle m'a demandé s'il était vrai que j'en louais.

— Elle ne vous a pas paru différente de vos autres clientes ?

— Elles commencent toujours par être différentes. Après quelques mois, elles sont toutes pareilles.

— Vous avez trouvé une robe à sa taille ?

— La bleue que vous avez à la main. C'est un mannequin 40. Elle a passé la nuit sur le dos de je ne sais combien de filles du quartier.

— Elle l'a emportée ?

— La première fois, oui.

— Et elle vous l'a rendue le lendemain matin ?

— Le lendemain à midi. J'ai été surprise qu'elle vienne d'aussi bonne heure. D'habitude, elles dorment toute la journée.

— Elle a payé la location ?

— Oui.

— Vous ne l'avez pas revue avant hier soir ?

— Je vous l'ai déjà dit. Il était un peu plus de neuf heures quand elle est entrée et m'a demandé si j'avais encore la robe. Je lui ai répondu que oui. Alors, elle m'a expliqué que, cette fois-ci, elle ne pourrait pas me laisser de garantie mais que, si cela ne m'ennuyait pas, elle me laisserait les vêtements qu'elle portait.

— Elle s'est changée ici ?

— Oui. Il lui fallait aussi des souliers et un manteau. Je lui ai trouvé une cape de velours qui faisait à peu près l'affaire.

— Quel air avait-elle ?

— L'air de quelqu'un qui a absolument besoin d'une robe du soir et d'un manteau.

— Autrement dit, cela paraissait important pour elle.

— Cela leur paraît toujours important.

— Vous avez eu l'impression qu'elle avait un rendez-vous ?

Elle haussa les épaules, but une gorgée du café que Viviane venait de lui apporter.

— Votre protégée l'a vue ?

— C'est elle qui l'a aidée à s'habiller.

— Elle ne vous a rien dit de spécial, mademoiselle ?

Ce fut la patronne qui répondit :

— Viviane n'écoute pas ce qu'on lui dit. Cela lui est égal.

C'était exact que la jeune fille paraissait vivre dans un monde immatériel. Ses yeux n'exprimaient rien. Elle se déplaçait sans remuer d'air et, près de la grosse marchande de robes, elle faisait vraiment penser à une esclave, ou plutôt à un chien.

— Je lui ai trouvé des souliers, des bas et un sac à main argenté. Qu'est-ce qui lui est arrivé ?

— Vous n'avez pas lu les journaux ?

— Je n'étais pas levée quand vous avez frappé. Viviane était occupée à me préparer mon café.

Maigret lui tendit le journal et elle regarda la photographie sans manifester de surprise.

— C'est elle ?

— Oui.

— Vous n'êtes pas étonnée ?

— Il y a longtemps que rien ne m'étonne. La robe est abîmée ?

— Elle a été mouillée par la pluie mais n'est pas déchirée.

— C'est toujours ça. Je suppose que vous désirez que je vous remette ses vêtements ? Viviane !

Celle-ci avait compris, ouvrait une des armoires où des robes étaient pendues. Elle posait sur le comptoir une robe en lainage noir et Maigret, tout de suite, chercha une marque.

— C'est une robe qu'elle a faite elle-même, dit Mlle Irène. Apporte son manteau, Viviane.

Le manteau, en laine aussi, était de seconde qualité, beige avec des carreaux bruns, et sortait d'un grand magasin de la rue La Fayette.

— Du bon marché, vous voyez. Les souliers ne valent pas mieux. Ni la combinaison.

Tout cela prenait place sur le comptoir. Puis l'esclave apportait un sac à main en cuir noir, à fermoir de métal blanc. A part un crayon et une paire de gants usés, le sac était vide.

— Vous dites que vous lui avez prêté un sac ?

— Oui. Elle voulait se servir du sien. Je lui ai

fait remarquer qu'il jurait avec la robe et je lui ai trouvé un petit sac du soir argenté. Elle y a mis son rouge, sa poudre et son mouchoir.

— Pas de portefeuille ?

— Peut-être. Je n'ai pas fait attention.

Lognon avait toujours l'air de quelqu'un qui assiste à une conversation sans y avoir été invité.

— Quelle heure était-il quand elle vous a quittée ?

— L'habillage a pris environ un quart d'heure.

— Elle était pressée ?

— Elle en avait l'air. Elle a regardé l'heure deux ou trois fois.

— A sa montre ?

— Je ne lui ai pas vu de montre. Il y a une horloge au-dessus du comptoir.

— Quand elle est sortie, il pleuvait. A-t-elle pris un taxi ?

— Il n'y avait pas de taxi dans la rue. Elle s'est dirigée vers la rue Blanche.

— Elle vous a donné à nouveau son nom et son adresse ?

— Je ne les lui ai pas demandés.

— Voulez-vous essayer de retrouver le bout de papier où vous les avez notés la première fois ?

Elle se dirigea en soupirant vers l'autre côté du comptoir, ouvrit un tiroir où il y avait de tout, des carnets, des factures, des crayons, des échantillons de tissu et une quantité de boutons de toutes sortes.

En fouillant là-dedans sans conviction, elle disait :

— Vous comprenez, cela ne sert à rien de garder leur adresse, car elles vivent généralement en meublé et elles en changent plus souvent que de combinaison. Quand elles n'ont plus de quoi payer leur loyer, elles disparaissent et... Non ! ce n'est pas ça. Si je me souviens bien, c'était dans le quartier. Une rue que tout le monde connaît. Je ne trouve pas. Si vous y tenez je continuerai à chercher et je vous téléphonerai...

— Je vous en prie.

— Il travaille avec vous, celui-là ? questionna-t-elle en désignant Lognon. Il va pouvoir vous en raconter sur mon compte ! Mais il vous dira aussi qu'il y a des années que je suis régulière. Pas vrai, toi ?

Maigret se servit du papier brun pour emporter les vêtements.

— Vous ne me laissez pas la robe bleue ?

— Pas maintenant. On vous la rendra plus tard.

— Comme vous voudrez.

Au moment de sortir, Maigret pensa à une autre question.

— Quand elle est venue, hier soir, a-t-elle demandé une robe ou la robe qu'elle avait déjà portée une fois ?

— Celle qu'elle avait portée une fois.

— Croyez-vous qu'elle en aurait pris une autre si vous ne l'aviez pas eue ?

— Je ne sais pas. Elle a demandé si j'avais encore celle-là.

— Je vous remercie.

— Il n'y a pas de quoi.

Ils remontèrent dans la voiture et l'esclave referma la porte derrière eux. Lognon ne disait toujours rien, attendait les questions.

— Elle a fait de la prison ?

— Trois ou quatre fois.

— Recel ?

— Oui.

— Quand a-t-elle été condamnée pour la dernière fois ?

— Il y a quatre ou cinq ans. Elle a d'abord été danseuse, puis sous-maîtresse dans une maison au temps où celles-ci existaient encore.

— Elle a toujours eu une esclave ?

Le chauffeur attendait qu'on lui dise où aller.

— Vous rentrez chez vous, Lognon ?

— Si vous n'avez rien d'urgent à me commander.

— Place Constantin-Pecqueur, fit le commissaire.

— Je peux aller à pied.

Parbleu ! Il fallait qu'il eût l'air humble, résigné.

— Vous connaissez la Viviane ?

— Pas celle-là. Elle en change de temps en temps.

— Elle les met à la porte ?

— Non. Ce sont les filles qui s'en vont. Elle les recueille quand elles sont raides et ne savent plus où coucher.

— Pourquoi ?

— Peut-être pour ne pas les laisser sur le trottoir.

Lognon semblait dire :

« — Je sais que vous ne le croyez pas, que vous soupçonnez Dieu sait quels vilains dessous. Il peut cependant arriver qu'une femme comme celle-là

40

soit pitoyable et fasse quelque chose par simple charité. Moi aussi, on se figure que je suis... »

Maigret soupira :

— Le mieux est que vous vous reposiez, Lognon. J'aurai probablement besoin de vous la nuit prochaine. Qu'est-ce que vous pensez de l'affaire ?

L'inspecteur ne répondit pas, se contenta de hausser légèrement les épaules. A quoi bon faire semblant de croire qu'il pensait alors que tout le monde, il en était persuadé, le prenait pour un imbécile ?

C'était dommage. Non seulement il était intelligent, mais c'était un des hommes les plus consciencieux de la police métropolitaine.

On s'arrêtait sur la petite place, devant un immeuble de rapport.

— Vous me téléphonerez au bureau ?

— Non. Chez vous. Je préfère que vous attendiez chez vous.

Une demi-heure plus tard, Maigret arrivait au Quai des Orfèvres avec son paquet sous le bras, entrait dans le bureau des inspecteurs.

— Rien pour moi, Lucas ?

— Rien, patron.

Il fronça les sourcils, surpris, déçu. Il y avait des heures, maintenant, que la photographie avait paru dans les journaux.

— Pas de coups de téléphone ?

— Seulement au sujet d'un vol de fromages aux Halles.

— Je parle de la jeune fille qui a été tuée cette nuit.

— Rien de rien.

Le rapport du docteur Paul était sur son bureau et il ne fit qu'y jeter un coup d'œil, constatant qu'il n'ajoutait rien à ce que le médecin légiste lui avait appris la nuit précédente.

— Tu veux m'envoyer Lapointe ?

En attendant, il regardait tour à tour les vêtements qu'il avait étalés sur un fauteuil et la photographie de la jeune morte.

— Bonjour, patron. Vous avez quelque chose pour moi ?

Il lui montra la photo, la robe, les dessous.

— D'abord, tu vas porter tout ça à Moers, là-haut, et tu lui demanderas de leur faire subir le traitement habituel.

C'est-à-dire que Moers enfermerait les vêtements dans un sac de papier, les secouerait afin d'en faire tomber les poussières qu'il examinerait ensuite au microscope et qu'il analyserait. Cela donnait parfois un résultat.

— Qu'il étudie le sac à main, les souliers, la robe du soir également. Tu comprends ?

— Oui. On ne sait toujours pas qui elle est ?

— On ne sait rien, sinon qu'hier soir elle a emprunté cette robe bleue pour une nuit dans une boutique de Montmartre. Quand Moers en aura fini, tu te rendras à l'Institut Médico-Légal et tu regarderas bien le corps.

Le jeune Lapointe, qui n'avait que deux ans de métier, fit la grimace.

— C'est important. Tu iras ensuite dans une agence de modèles, n'importe laquelle. Il y en a une rue Saint-Florentin. Tu t'arrangeras pour dénicher une jeune femme qui ait à peu près la taille et l'embonpoint de la morte. Mannequin 40.

Un instant, Lapointe se demanda si le patron parlait sérieusement ou s'il voulait le taquiner.

— Ensuite ? questionna-t-il.

— Tu lui feras passer les robes. Si elles lui vont, tu l'amèneras là-haut et tu demanderas qu'on la photographie.

Lapointe commençait à comprendre.

— Ce n'est pas tout. Je veux une photographie de la morte aussi, avec maquillage et tout, une photo qui donne l'impression qu'elle est vivante.

Ils avaient, à l'Identité Judiciaire, un photographe qui était un véritable spécialiste de ce genre de travail.

— Il suffira d'effectuer un montage, en combinant deux photos, de façon à avoir la tête de la morte sur le corps du modèle. Fais vite. Je voudrais ça à temps pour la dernière édition des journaux du soir.

Maigret, resté seul dans son bureau, signa quelques pièces à expédier, bourra une pipe, appela Lucas qu'il chargea de lui trouver à tout hasard le dossier d'Elisabeth Coumar, dite Irène. Il était persuadé que cela ne donnerait rien, qu'elle avait dit la vérité, mais c'était, jusqu'ici, la seule personne à avoir reconnu la morte de la place Vintimille.

A mesure que le temps passait, il était de plus en plus surpris de ne recevoir aucun coup de téléphone.

Si l'inconnue vivait à Paris, un certain nombre d'hypothèses étaient possibles. D'abord, qu'elle vive chez ses parents, auquel cas ceux-ci, voyant la photographie dans le journal, se seraient précipités au commissariat le plus proche ou au Quai des Orfèvres.

Si elle avait son logement à elle, elle avait des voisins, une concierge, et probablement faisait-elle son marché dans les boutiques des environs.

Vivait-elle avec une amie, comme c'est fréquent ? Cela faisait une personne de plus à s'inquiéter de sa disparition et à reconnaître son portrait.

Elle pouvait aussi prendre pension dans un établissement pour étudiantes, ou pour jeunes filles qui travaillent, comme il en existe plusieurs, et cela multipliait le nombre de personnes la connaissant.

Restait enfin l'hypothèse d'une chambre meublée dans un des milliers de petits hôtels de Paris.

Maigret sonna le bureau des inspecteurs.

— Torrence est là ? Il n'est pas occupé ? Demandez-lui de venir me voir.

Si elle vivait chez ses parents, il n'y avait qu'à attendre. Si elle avait son logement dans une maison particulière, seule ou avec une amie, aussi. Mais, dans les autres cas, il était possible d'accélérer les choses.

— Assieds-toi, Torrence. Tu vois cette photo ? Bon ! Nous en aurons une meilleure vers la fin de l'après-midi. Imagine que la jeune fille porte une robe noire et un manteau beige à carreaux. C'est ainsi que les gens sont habitués à la voir.

Juste à ce moment-là, un rayon de soleil se glissa par la fenêtre et dessina une ligne claire sur le bureau. Maigret s'interrompit un instant pour l'accueillir, surpris, comme on regarde un oiseau qui vient se poser sur l'appui de la fenêtre.

— D'abord, tu vas descendre aux Meublés et demander qu'on montre cette photo dans les hôtels bon marché. Il est préférable de commencer par le IXe et le XVIIIe arrondissement. Tu vois ce que je veux dire ?

— Oui. Vous savez son nom ?

— On ne sait rien. De ton côté, tu dresseras une liste des établissements pour jeunes filles et tu en feras toi-même le tour. Cela ne donnera probablement aucun résultat, mais je ne veux négliger aucune possibilité.

— J'ai compris.

— C'est tout. Prends une voiture afin d'aller plus vite.

Il faisait tiède, tout à coup, et il alla ouvrir la fenêtre, tripota encore quelques papiers sur son bureau, regarda l'heure et décida d'aller se coucher.

— Tu me réveilleras vers quatre heures, recommanda-t-il à sa femme.

— Si c'est nécessaire.

Ce n'était pas nécessaire. En somme, il n'y avait qu'à attendre. Il s'endormit presque tout de suite, d'un sommeil lourd, et, quand sa femme s'approcha du lit, une tasse de café à la main, il la regarda surpris d'être là, avec du soleil plein la chambre.

— Il est quatre heures. Tu m'as dit...

— Oui... On n'a pas téléphoné ?

— Seulement le plombier pour me dire...

La première édition des journaux de l'après-midi était sortie vers une heure. Ils publiaient tous la même photographie que ceux du matin.

Si la morte était quelque peu défigurée, Mlle Irène ne l'en avait pas moins reconnue du pre-

45

mier coup d'œil, alors qu'elle ne l'avait vue que deux fois.

Il restait l'éventualité que la jeune fille ne fût pas de Paris, qu'elle n'y fût pas descendue à l'hôtel, que les deux fois qu'elle s'était présentée rue de Douai elle fût arrivée juste quelques heures plus tôt.

C'était peu vraisemblable, ce qu'elle portait ayant été acheté dans des magasins de la rue La Fayette, sauf la robe faite par elle-même.

— Tu rentres dîner ?

— Peut-être.

— Si tu dois rester dehors ce soir, prends quand même ton gros pardessus, car, la nuit tombée, il fera frais.

Quand il pénétra dans son bureau, il n'y avait aucun message sur son sous-main, il en fut dépité et appela Lucas.

— Toujours rien ? Pas de téléphone ?

— Toujours rien, patron. Je vous ai apporté le dossier d'Elisabeth Coumar.

Debout, il le feuilleta sans rien y trouver d'autre que ce que Lognon lui avait dit.

— Lapointe a envoyé les photographies aux journaux.

— Il est ici ?

— Il vous attend.

— Fais-le venir.

Les photos étaient des chefs-d'œuvre de montage, au point que Maigret en reçut un choc. Il avait soudain sous les yeux l'image de la jeune fille, non telle qu'il l'avait vue sous la pluie, place Vintimille, à la lumière des torches électriques, non plus telle qu'il l'avait entrevue plus tard sur le marbre de

46

l'Institut Médico-Légal, mais telle qu'elle devait être la veille au soir quand elle s'était présentée chez Mlle Irène.

Lapointe semblait impressionné, lui aussi.

— Qu'est-ce que vous en pensez, patron ? dit-il d'une voix hésitante.

Il ajouta après un silence :

— Elle est jolie, n'est-ce pas ?

Ce n'était pas le mot qu'il cherchait, ni celui qui correspondait à la réalité. La jeune fille était certainement jolie, mais il y avait quelque chose de plus, qui était difficile à définir. Le photographe était même parvenu à rendre la vie à ses yeux qui paraissaient poser une question insoluble.

Sur deux des épreuves, elle ne portait que sa robe noire ; sur une autre, elle avait son manteau à carreaux bruns ; sur la dernière enfin, elle était en robe du soir. On l'imaginait dans les rues de Paris, où il y en avait tant comme elle à se faufiler dans la foule, s'arrêtant un instant devant les étalages puis reprenant leur marche qui les conduisait Dieu sait où.

Elle avait eu un père, une mère, plus tard, à l'école, des petites camarades. Ensuite, des gens l'avaient connue jeune fille, des femmes, des hommes. Elle leur avait parlé. Ils l'avaient appelée par son nom.

Or, à présent qu'elle était morte, personne ne paraissait se souvenir d'elle, personne ne s'inquiétait, c'était comme si elle n'avait jamais existé.

— Cela n'a pas été trop difficile ?

— Quoi ?

— De trouver un modèle.

— Seulement gênant. Elles étaient une bonne douzaine à m'entourer et, quand je leur ai montré les robes, elles ont toutes voulu les essayer.

— Devant toi ?

— Elles ont l'habitude.

Brave Lapointe qui, après deux ans de Police Judiciaire, était encore capable de rougir !

— Fais passer les photos aux brigades de province.

— J'y ai pensé et je me suis permis de les expédier sans attendre vos instructions.

— Parfait. Tu en as envoyé aux commissariats aussi ?

— Elles sont parties il y a une demi-heure.

— Appelle-moi Lognon à l'appareil.

— Au 2ᵉ Quartier ?

— Non. Chez lui.

Quelques instants plus tard, une voix disait dans l'appareil :

— L'inspecteur Lognon écoute.

— Ici, Maigret.

— Je sais.

— J'ai fait envoyer des photos à votre bureau, les mêmes qui paraîtront dans une heure ou deux dans les journaux.

— Vous voulez que je recommence la tournée ?

Maigret aurait été en peine de dire pourquoi il n'y croyait pas. La visite chez Mlle Irène, l'origine de la robe du soir, l'heure à laquelle le meurtre avait été commis, le lieu, tout semblait indiquer une connexion avec le quartier des boîtes de nuit.

Pourquoi l'inconnue, à neuf heures du soir, avait-elle éprouvé le besoin de se procurer une robe du soir, sinon parce qu'il lui était nécessaire de se rendre dans un endroit où l'on s'habille ?

L'heure des théâtres était passée et, à part l'Opéra ou les premières, il n'est pas indispensable d'y porter la tenue de soirée.

— Essayez, à tout hasard. Voyez surtout les taxis qui font la nuit.

Maigret raccrocha. Lapointe était toujours là, attendant des instructions, et Maigret ne savait pas quelles instructions lui donner.

A tout hasard aussi, il appela la boutique de la rue de Douai.

— Mademoiselle Irène ?

— C'est moi.

— Vous avez retrouvé l'adresse ?

— Ah ! C'est vous... Non ! J'ai cherché partout. J'ai dû jeter le bout de papier ou m'en servir pour écrire les mesures d'une cliente. Mais je me suis souvenue de son prénom. J'en suis à peu près sûre. Elle s'appelle Louise. Puis un nom qui commence par un L aussi. « La » quelque chose... Comme qui dirait « La Montagne » ou « La Bruyère »... Ce n'est pas ça, mais ça y ressemble...

— Quand elle a mis dans le sac argenté les objets qui se trouvaient dans son sac à elle, vous n'avez pas remarqué s'il y avait une carte d'identité ?

— Non.

— Des clefs ?

— Attendez ! Il me semble que je revois des clefs. Pas *des* clefs. Une seule petite clef en cuivre.

Il l'entendit qui appelait :

— Viviane ! Viens un instant...

Il ne comprit pas ce qu'elle disait à son esclave (ou à sa protégée).

— Viviane croit aussi qu'elle a aperçu une clef, confirma-t-elle.

— Une clef plate ?

— Oui, vous savez, comme la plupart des clefs qu'on fait à présent.

— Il n'y avait pas d'argent ?

— Quelques billets pliés. Je m'en souviens aussi. Pas beaucoup. Peut-être deux ou trois. Des billets de cent francs. J'ai fait la réflexion qu'elle n'irait pas loin avec ça.

— Rien d'autre ?

— Non. Je crois que c'est tout.

On frappait à la porte. C'était Janvier qui venait d'arriver et qui, en voyant les épreuves sur le bureau, reçut le même choc que Maigret.

— Vous avez trouvé des photos d'elle ? s'étonna-t-il.

Il fronça les sourcils, regarda de plus près.

— C'est là-haut qu'ils ont fait ça ?

Enfin, il murmura :

— Curieuse fille, non ?

Ils ne savaient toujours rien d'elle, sinon que personne, hormis une marchande de robes d'occasion, ne semblait la connaître.

— Qu'est-ce qu'on fait ?

Maigret ne put que hausser les épaules et répondre :

— On attend !

3

La petite bonne qui ne sait pas téléphoner
et la vieille dame de la rue de Clichy

Maigret, un peu maussade, un peu déçu, était resté au Quai jusqu'à sept heures du soir et avait pris l'autobus pour rentrer boulevard Richard-Lenoir. Un journal, déplié, se trouvait sur un guéridon, avec la photographie de l'inconnue en première page, et on devait dire dans le texte que le commissaire Maigret s'occupait de l'affaire.

Sa femme, pourtant, ne lui posa aucune question. Elle n'essaya pas non plus de le distraire et, à certain moment, alors qu'ils mangeaient en tête à tête et en étaient presque au dessert, il lui arriva de l'observer, surpris de la trouver aussi soucieuse que lui.

Il ne se demanda pas si elle pensait à la même chose. Plus tard, il alla s'asseoir dans son fauteuil, alluma sa pipe et parcourut le journal pendant que Mme Maigret desservait et faisait la vaisselle. Ce fut seulement quand elle s'assit en face de lui, la corbeille à bas et à chaussettes sur les genoux, qu'il la regarda deux ou trois fois à la dérobée et finit par murmurer, comme s'il n'y attachait pas d'importance :

— Je me demande quels sont les cas où une jeune fille éprouve un urgent besoin de porter une robe du soir.

Pourquoi fut-il sûr qu'elle y avait pensé tout le temps ? Il aurait même juré, au petit soupir de satisfaction qu'elle poussa, qu'elle attendait qu'il lui en parle.

— Peut-être n'est-il pas nécessaire de chercher loin, fit-elle.

— Que veux-tu dire ?

— Qu'un homme, par exemple, n'aurait sans doute pas l'idée de se mettre en smoking ou en habit sans une raison précise. Pour une jeune fille, c'est différent. Quand j'avais treize ans, j'ai travaillé des heures et des heures, en cachette, à rajuster une vieille robe du soir que ma mère avait jetée.

Il la regarda, surpris, comme s'il découvrait soudain un côté inconnu du caractère de sa femme.

— Parfois, le soir, lorsque l'on me croyait endormie, je me levais pour passer cette robe-là et m'admirer dans la glace. Et, une fois que mes parents étaient sortis, je l'ai mise, avec des souliers de ma mère qui étaient trop grands pour moi, et je suis allée jusqu'au coin de la rue.

Il se tut pendant plus d'une minute sans remarquer qu'elle rougissait de sa confidence.

— Tu avais treize ans, dit-il enfin.

— Une de mes tantes, tante Cécile, que tu n'as

pas connue, mais dont je t'ai souvent parlé, celle qui a été très riche pendant quelques années et dont le mari s'est trouvé ruiné du jour au lendemain, s'enfermait souvent dans sa chambre, passait des heures à se coiffer, à s'habiller comme pour une soirée à l'Opéra. Si on frappait à sa porte, elle répondait qu'elle avait la migraine. Un jour, j'ai regardé par la serrure et j'ai découvert la vérité. Elle se contemplait dans la glace de son armoire et jouait de l'éventail en souriant.

— Il y a longtemps de cela.

— Tu penses que les femmes ont changé ?

— Il faut une raison plus sérieuse pour aller frapper, à neuf heures du soir, chez Mlle Irène, demander une robe de soirée alors qu'on n'a que deux ou trois cents francs en poche, la mettre immédiatement et s'en aller sous la pluie.

— Ce que je veux dire, c'est que ce n'est pas nécessairement une raison qu'un homme trouverait sérieuse.

Il comprenait ce qu'elle voulait dire, mais n'était pas convaincu.

— Tu as sommeil ?

Il fit oui de la tête. Ils se couchèrent de bonne heure. Le matin, il y avait du vent, un ciel à giboulées, et Mme Maigret lui fit emporter son parapluie. Au Quai des Orfèvres, il faillit rater le coup de téléphone, car il allait quitter son bureau pour se rendre au rapport quand la sonnerie retentit. Déjà à la porte, il revint sur ses pas.

— Allô ! Le commissaire Maigret écoute.

— Quelqu'un qui ne veut pas dire son nom

demande à vous parler personnellement, lui annonça le standardiste.

— Passez-le-moi.

Dès qu'on eut branché la communication, il entendit une voix criarde, si aiguë qu'elle faisait vibrer l'écouteur, la voix de quelqu'un qui n'a pas l'habitude de téléphoner.

— C'est le commissaire Maigret ?

— C'est moi, oui. Qui est à l'appareil ?

Il y eut un silence.

— Allô ! Je vous écoute.

— Je peux vous apprendre quelque chose au sujet de la jeune fille qui a été tuée.

— Celle de la place Vintimille ?

Un silence encore. Il se demanda si ce n'était pas un enfant qui l'appelait.

— Parlez. Vous la connaissez ?

— Oui. Je sais où elle habitait.

Il était persuadé que ce n'était pas parce qu'elle hésitait que son interlocutrice laissait ainsi des vides entre ses phrases mais parce que le téléphone l'impressionnait. Elle criait au lieu de parler, tenant la bouche trop près de l'appareil. Une radio, quelque part, faisait de la musique. Il distingua les pleurs d'un bébé.

— Où est-ce ?

— Rue de Clichy, au 113 *bis*.

— Qui êtes-vous ?

— Si vous voulez des renseignements, vous n'avez qu'à les demander à la vieille du deuxième, Mme Crêmieux, qu'on l'appelle.

Il perçut une seconde voix qui appelait :

— Rose !... Rose !... Qu'est-ce que...

Puis, presque tout de suite, on raccrocha.

Il ne fit que passer quelques minutes dans le bureau du chef et, comme Janvier venait d'arriver, c'est lui qu'il emmena avec lui.

L'inspecteur, la veille, avait en vain couru tout Paris. Quant à Lognon, qui s'était occupé des boîtes de nuit et des chauffeurs de taxis, il n'avait pas donné signe de vie.

— On croirait une jeune bonne qui vient d'arriver de sa campagne, disait Maigret à Janvier. Elle a un accent, mais je me demande lequel.

Le 113 *bis,* rue de Clichy, était un immeuble bourgeois comme la plupart des maisons du quartier. Les deux hommes s'arrêtèrent d'abord chez la concierge, une femme d'une quarantaine d'années, qui les regarda entrer d'un œil méfiant.

— Police Judiciaire, annonça Maigret en montrant sa médaille.

— Qu'est-ce que vous voulez ?

— Vous avez une certaine Mme Crêmieux comme locataire ?

— Au deuxième à gauche.

— Elle est chez elle ?

— A moins qu'elle soit sortie pour faire son marché. Je ne l'ai pas vue passer.

— Elle vit seule ?

La concierge ne semblait pas avoir la conscience tout à fait tranquille.

— Seule et pas seule.

— Que voulez-vous dire ?

— De temps en temps, elle a quelqu'un avec elle.

— Quelqu'un de sa famille ?

— Non. Après tout, je ne vois pas pourquoi je ferais des mystères. Elle n'a qu'à se débrouiller. Il lui arrive de prendre une locataire.

— Seulement pour quelque temps ?

— Elle préférerait avoir quelqu'un qui reste, bien sûr, mais avec son caractère, elle ne tarde pas à les faire fuir. Je crois bien que la dernière était la cinquième ou la sixième.

— Pourquoi ne le disiez-vous pas tout de suite ?

— Parce que, la première fois qu'elle a eu quelqu'un, une fille qui était vendeuse aux Galeries, elle m'a demandé de dire que c'était sa nièce.

— Elle vous a passé la pièce ?

Elle haussa les épaules.

— D'abord, le propriétaire ne permet pas de sous-louer. Ensuite, quand on loue en meublé, on doit le déclarer au commissariat et remplir des papiers. Enfin, je ne crois pas qu'elle déclare ce revenu-là pour ses impôts.

— C'est pour cela que vous ne nous avez pas avertis ?

Elle comprit à quoi il faisait allusion. D'ailleurs, un journal de la veille était encore sur une chaise, avec la photographie de l'inconnue en évidence.

— Vous la connaissez ?

— C'est la dernière.

— La dernière quoi ?

— La dernière locataire. La dernière nièce, pour parler comme la vieille.

— Quand l'avez-vous vue pour la dernière fois ?

— Je ne sais pas. Je n'ai pas fait attention.

— Vous savez son nom ?

— Mme Crêmieux l'appelait Louise. Comme il

n'est venu aucun courrier pour elle pendant qu'elle habitait ici, j'ignore son nom de famille. Je vous l'ai dit, je n'étais pas censée savoir que c'était une locataire. Les gens ont le droit de recevoir quelqu'un de leur famille. Et maintenant, à cause de ça, je risque de perdre ma place. Je suppose que ce sera dans les journaux ?

— C'est possible. Quel genre de personne était-ce ?

— La jeune fille ? Une personne quelconque, qui faisait un signe de la tête en passant devant la loge, quand elle y pensait, mais qui ne s'est jamais donné la peine de m'adresser la parole.

— Elle était ici depuis longtemps ?

Janvier prenait des notes dans un carnet et cela impressionnait la concierge, qui réfléchissait avant de répondre à chaque question.

— Si je me souviens bien, elle est arrivée un peu avant le premier de l'an.

— Elle avait des bagages ?

— Juste une petite valise bleue.

— Comment a-t-elle connu Mme Crêmieux ?

— J'aurais dû me douter que cela finirait mal. C'est la première fois que je me laisse embobiner ainsi, mais je vous jure que, quoi qu'il arrive, c'est la dernière. Mme Crêmieux habitait déjà l'immeuble du vivant de son mari, qui était sous-directeur dans une banque. Au fait, ils étaient dans la maison avant que j'y arrive.

— Quand est-il mort ?

— Voilà cinq ou six ans. Ils n'avaient pas d'enfants. Elle a commencé à se plaindre, disant que c'était terrible de vivre seule dans un grand appartement. Puis elle a parlé d'argent, de sa pension qui restait la même alors que le coût de la vie augmentait sans cesse.

— Elle est riche ?

— Elle doit avoir de quoi. Un jour, elle m'a avoué qu'elle possédait deux maisons quelque part dans le XXe arrondissement. La première fois qu'elle a eu une locataire, elle m'a fait croire que c'était une parente de province, mais j'ai vite deviné la vérité et je suis allée la trouver. C'est alors qu'elle m'a offert de me donner un quart du loyer qu'elle recevait et j'ai été assez bête pour accepter. C'est vrai que son appartement est trop grand pour une personne seule.

— Elle mettait des annonces dans les journaux ?

— Oui. Sans l'adresse. Seulement le numéro de téléphone.

— A quel milieu appartenaient ses locataires ?

— C'est difficile à dire. Des milieux bien, presque toujours. C'étaient des jeunes filles qui travaillaient et qui étaient contentes d'avoir une plus grande chambre que dans un hôtel meublé, pour le même prix, ou même pour moins d'argent. Une seule fois, elle a eu une fille qui paraissait aussi bien que les autres mais qui, la nuit, se relevait pour introduire des hommes. Cela n'a pas duré plus de deux jours.

— Parlez-moi de la dernière.

— Qu'est-ce que vous voulez savoir ?

— Tout.

La concierge regarda machinalement la photographie dans le journal.

— Je vous l'ai dit : je ne faisais que la voir passer. Elle partait le matin vers neuf heures ou neuf heures et demie.

— Vous ne savez pas où elle travaillait ?

— Non.

— Elle rentrait pour déjeuner ?

— Mme Crêmieux ne leur permettait pas de cuisiner dans l'appartement.

— Quand rentrait-elle ?

— Le soir. Quelquefois à sept heures, quelquefois à dix ou onze heures.

— Elle sortait beaucoup ? Des amis ou des amies venaient la chercher ?

— Personne n'est jamais venu la chercher.

— Vous ne l'avez pas vue en robe du soir ?

Elle fit signe que non.

— Vous savez, c'était une fille comme il y en a tant et je n'y ai guère prêté attention. Surtout que je me doutais que cela ne durerait pas.

— Pourquoi ?

— Je vous l'ai dit. La vieille veut bien louer une chambre, mais elle n'entend pas que cela la dérange. Elle a l'habitude de se coucher à dix heures et demie, et, si sa locataire a le malheur de rentrer plus tard, elle lui fait une scène. Au fond, ce n'est pas tant une locataire qu'elle cherche que quelqu'un pour lui tenir compagnie et jouer aux cartes avec elle.

Elle ne pouvait pas comprendre le sourire de Maigret, qui venait de penser à la marchande de robes de la rue de Douai. Elisabeth Coumar, elle, recueillait des filles à la dérive, peut-être par bonté d'âme, mais peut-être aussi pour ne pas être seule et, comme elles lui devaient tout, elles devenaient des sortes d'esclaves pour un temps plus ou moins long.

Mme Crêmieux prenait des locataires. Au fond, cela revenait un peu au même. Combien y en avait-il à Paris, des vieilles femmes ou des vieilles filles, qui s'efforçaient ainsi de s'assurer de la compagnie, de préférence la compagnie de quelqu'un de jeune et d'insouciant ?

— Si je pouvais rendre le peu d'argent que cela m'a rapporté et éviter de perdre ma place...

— En résumé, vous ne savez ni qui elle était, ni d'où elle venait, ni ce qu'elle faisait, qui elle fréquentait ?...

— Non.

— Vous ne l'aimiez pas ?

— Je n'aime pas les gens qui n'ont pas plus d'argent que moi et qui se croient supérieurs.

— Vous croyez qu'elle était pauvre ?

— Je lui ai toujours vu la même robe et le même manteau.

— Y a-t-il des bonnes dans la maison ?

— Pourquoi me demandez-vous ça ? Il y en a trois. D'abord celle des locataires du premier, puis celle du second à droite. Ensuite...

— L'une d'elles est-elle jeune, fraîchement débarquée de la campagne ?

— Vous voulez sans doute parler de Rose.

— Laquelle est-ce ?

— Celle du second. Les Larcher avaient déjà deux enfants. Mme Larcher a accouché il y a deux mois et, comme elle n'en sortait pas, elle a fait venir une petite bonne de Normandie.

— Les Larcher ont le téléphone ?

— Oui. Le mari a une bonne place dans une compagnie d'assurances. Ils ont récemment acheté une voiture.

— Je vous remercie.

— Si c'était possible que le propriétaire ne sache pas...

— Encore une question. Hier, quand la photographie de la jeune fille a paru dans le journal, vous l'avez reconnue ?

Elle hésita, mentit.

— Je n'étais pas sûre. La première photo qu'on a publiée, vous savez...

— Mme Crêmieux est venue vous trouver ?

Elle rougit.

— Elle est entrée en revenant de faire son marché. Elle m'a dit comme ça que la police était assez bien payée pour que les gens n'essayent pas de faire son métier. J'ai compris. Depuis que j'ai vu la seconde photo, celle-ci, j'ai hésité à vous appeler et, au fond, tout bien pesé, je suis contente que vous soyez venu, car cela m'enlève un fameux poids.

Il y avait un ascenseur que Maigret et Janvier arrêtèrent au second étage. Derrière la porte de droite, on entendait des voix d'enfants, puis une autre voix, que Maigret reconnut, et qui criait :

— Jean-Paul !... Jean-Paul !... Voulez-vous laisser votre petite sœur tranquille !...

C'est à la porte de gauche qu'il sonna. Il y eut des pas légers, furtifs, à l'intérieur. Quelqu'un demanda à travers la porte :

— Qu'est-ce que c'est ?

— Madame Crêmieux ?

— Que voulez-vous ?

— Police.

Un silence assez long, et enfin un murmure :

— Un instant...

Elle s'éloigna, sans doute pour mettre de l'ordre dans sa toilette. Quand elle revint vers la porte, le bruit de ses pas n'était plus le même, elle avait dû troquer ses pantoufles contre des chaussures. Elle ouvrit à contrecœur, les regarda tous les deux avec des petits yeux aigus.

— Entrez. Je n'ai pas fini mon ménage.

Elle n'en portait pas moins une robe noire assez habillée et elle était coiffée avec soin. Agée de soixante-cinq à soixante-dix ans, elle était petite, maigre, douée encore d'une étonnante vigueur.

— Vous avez un papier ?

Maigret lui montra sa médaille, qu'elle examina attentivement.

— C'est vous, le commissaire Maigret ?

Elle les faisait entrer dans un salon assez vaste, mais tellement encombré de meubles et de bibelots qu'il restait à peine de la place pour circuler.

— Asseyez-vous. Qu'est-ce que vous désirez ?

Elle s'asseyait, assez digne, sans pouvoir empêcher ses doigts de se crisper nerveusement.

— C'est au sujet de votre locataire.

— Je n'ai pas de locataire. S'il m'arrive de recevoir quelqu'un et de lui offrir le gîte...

— Nous sommes au courant, madame Crêmieux.

Elle ne se démonta pas, mais jeta au commissaire un regard plein de perspicacité.

— Au courant de quoi ?

— De tout. Nous ne faisons pas partie du ministère des Finances et la façon dont vous déclarez vos revenus ne nous regarde pas.

Il n'y avait pas de journal dans la pièce. Maigret tira de sa poche une des photographies de l'inconnue.

— Vous la reconnaissez ?

— Elle a vécu quelques jours avec moi.

— Quelques jours ?

— Mettons quelques semaines.

— Mettons plutôt, n'est-ce pas, deux mois et demi ?

— C'est possible. A mon âge, le temps compte si peu ! Vous ne pouvez vous figurer combien les jours finissent par passer vite.

— Quel est son nom ?

— Louise Laboine.

— C'est le nom inscrit sur sa carte d'identité ?

— Je n'ai pas vu sa carte d'identité. C'est le nom qu'elle m'a donné quand elle s'est présentée.

— Vous ne savez pas si c'est réellement le sien ?

— Je n'avais aucune raison de me méfier.

— Elle a lu votre annonce ?

— La concierge vous a parlé ?

— Peu importe, madame Crêmieux. Ne perdons pas de temps. Et sachez que c'est moi qui pose les questions.

Dignement, elle dit :

— Très bien, je vous écoute.

— Louise Laboine a répondu à votre annonce ?

— Elle m'a téléphoné pour me demander le prix. Je le lui ai dit. Elle a voulu savoir si je ne pouvais pas faire un peu moins cher et je lui ai conseillé de venir me voir.

— Vous avez consenti une réduction ?

— Oui.

— Pourquoi ?

— Parce que je m'y laisse toujours prendre.

— A quoi ?

— Quand elles viennent se présenter, elles ont l'air très comme il faut, sont pleines d'humilité, de prévenance. Je lui ai demandé si elle sortait beaucoup le soir et elle m'a répondu que non.

— Vous savez où elle travaillait ?

— Dans un bureau, paraît-il, mais j'ignore lequel. Ce n'est qu'après quelques jours que j'ai compris quel genre de fille c'était.

— Quel genre ?

— Une fille renfermée qui, quand elle avait décidé de ne rien dire...

— Vous ne savez rien sur elle ? Elle ne vous parlait pas ?

— Le moins possible. Elle se croyait ici à l'hôtel. Le matin, elle s'habillait et s'en allait en se contentant de m'adresser un vague bonjour quand elle me rencontrait.

— Elle partait toujours à la même heure ?

— Justement. C'est ce qui m'a surprise. Les deux ou trois premiers jours, elle a quitté la maison à huit heures et demie et j'en ai conclu qu'elle commençait son travail à neuf heures. Puis, plusieurs fois de suite, elle n'est partie qu'à neuf heures et quart et je lui ai demandé si elle avait changé de place.

— Qu'est-ce qu'elle a répondu ?

— Elle n'a pas répondu. C'était son genre. Quand elle était embarrassée, elle faisait semblant de ne pas entendre. Le soir, elle essayait de m'éviter.

— Elle devait traverser le salon pour gagner sa chambre ?

— Oui. Je me tiens le plus souvent ici. Je l'invitais à s'asseoir, à prendre une tasse de café ou de tisane. Une seule fois, elle a condescendu à me tenir compagnie et je suis sûre qu'en une heure elle n'a pas prononcé cinq phrases.

— De quoi avez-vous parlé ?

— De tout. J'essayais de savoir.

— De savoir quoi ?

— Qui elle était, d'où elle sortait, où elle avait vécu jusque-là.

— Vous n'en avez rien tiré ?

— Je sais seulement qu'elle connaît le Midi. Je lui ai parlé de Nice où nous passions deux semaines chaque année, mon mari et moi, et j'ai bien vu qu'elle y était allée aussi. Quand je l'ai questionnée sur son père et sa mère, elle a pris un air absent. Si vous l'aviez vue quand elle avait cet air-là, cela vous aurait mis hors de vous, vous aussi.

— Où prenait-elle ses repas ?

— Dehors, en principe. Je ne permets pas qu'on cuisine dans la chambre à cause des dangers d'incendie. Si elles apportent leur réchaud à alcool, on ne sait plus ce qui peut arriver, sans compter que je n'ai ici que des meubles anciens, des meubles de valeur qui me viennent de ma famille. Elle a eu beau faire, je n'en ai pas moins trouvé des miettes de pain et il lui est arrivé de brûler des papiers gras qui avaient sûrement contenu de la charcuterie.

— Elle passait ses soirées seule dans sa chambre ?

— Souvent. Elle ne sortait que deux ou trois fois par semaine.

— Elle s'habillait pour sortir ?

— Comment se serait-elle habillée, alors qu'elle ne possédait qu'une robe et un manteau en tout et pour tout ? Le mois dernier, ce que je prévoyais est arrivé.

— Qu'est-ce que vous aviez prévu ?

— Qu'un jour ou l'autre elle n'aurait pas de quoi payer son loyer.

— Elle ne l'a pas payé ?

— Elle m'a remis cent francs d'acompte en me promettant le reste pour la fin de la semaine. A la fin de la semaine, elle a essayé de m'éviter. Je me suis mise sur son chemin. Elle m'a dit qu'elle aurait de l'argent dans un jour ou deux. Ne croyez pas que je sois avare, que je ne pense qu'à l'argent. Bien sûr, j'en ai besoin comme tout le monde. Mais, si seulement elle s'était comportée comme une personne humaine, j'aurais eu plus de patience.

— Vous lui avez signifié son congé ?

— Il y a trois jours, la veille du jour où elle a disparu. Je lui ai simplement annoncé que j'attendais une parente de province et que j'avais besoin de la chambre.

— Quelle a été sa réaction ?

— Elle m'a répondu :

» — Bien !

— Voulez-vous nous conduire ?

La vieille dame se leva, toujours digne.

— Venez par ici. Vous verrez qu'elle n'aurait trouvé nulle part ailleurs une chambre comme celle-là.

C'était vrai que la pièce était vaste, éclairée par de grandes fenêtres. Comme le salon, elle était meublée à la mode du siècle dernier. Le lit était en acajou massif et, entre les fenêtres, se trouvait un bureau Empire qui avait dû être le bureau de M. Crêmieux et pour lequel on n'avait pas trouvé place ailleurs. De lourds rideaux de velours encadraient les fenêtres et, sur les murs, il y avait d'anciennes photos de famille dans des cadres noirs ou dorés.

— Le seul petit ennui est qu'il faille partager la salle de bains.

» J'attendais toujours qu'elle passe la première et je n'y entrais jamais sans frapper.

— Je suppose que, depuis son départ, vous n'avez rien enlevé ?

— Certainement pas.

— Ne la voyant pas revenir, vous avez fouillé ses effets personnels ?

— Il n'y a pas grand-chose à fouiller. Je suis seulement venue voir si elle avait emporté ses affaires.

— Elle ne les a pas emportées ?

— Non. Vous pouvez vous en rendre compte.

Sur la commode, on voyait un peigne, une brosse à cheveux, un nécessaire de manucure bon marché et une boîte de poudre d'une marque courante. Il y avait aussi un tube d'aspirine et un autre qui contenait des comprimés somnifères.

Maigret ouvrit les tiroirs, n'y trouva qu'un peu

de linge et, roulé dans une combinaison en soie artificielle, un fer à repasser électrique.

— Qu'est-ce que je vous disais ! s'exclamait Mme Crêmieux.

— Quoi ?

— Je l'avais prévenue, également, que je ne permettais pas de laver du linge et de repasser. Voilà ce qu'elle faisait quand, le soir, elle s'enfermait pendant une heure dans la salle de bains ! C'est pour la même raison qu'elle fermait sa porte à clef.

Un autre tiroir contenait une boîte de papier à lettres ordinaire, deux ou trois crayons et un stylo.

Dans l'armoire pendait une robe de chambre en coton et, dans un coin, se trouvait une valise en fibre bleue. La valise était fermée à clef. Il n'y avait de clef nulle part, Maigret fit sauter la serrure avec la pointe de son canif tandis que la vieille se rapprochait. La valise était vide.

— Personne n'est jamais venu demander après elle ?

— Personne.

— Vous n'avez jamais eu non plus l'impression que quelqu'un avait pénétré dans l'appartement en votre absence ?

— Je m'en serais aperçue. Je sais si bien la place de chaque objet !

— Recevait-elle des coups de téléphone ?

— Une seule fois.

— Quand était-ce ?

— Il y a environ deux semaines. Non. Plus que ça. Peut-être un mois. Un soir, vers huit heures, alors qu'elle était dans sa chambre, quelqu'un a demandé à lui parler.

— Un homme ?

— Une femme.

— Vous pouvez vous rappeler les mots exacts ?

— On a dit :

» — Est-ce que Mlle Laboine est chez elle ?

» J'ai répondu que je croyais que oui. Je suis allée frapper à sa porte.

» — Téléphone, mademoiselle Louise !

» — Pour moi ? s'est-elle étonnée.

» — Pour vous, oui.

» — Je viens.

» C'est cette fois-là que j'ai eu l'impression qu'elle avait pleuré.

— Avant ou après le coup de téléphone ?

— Avant, quand elle est sortie de sa chambre.

— Elle était tout habillée ?

— Non. Elle portait sa robe de chambre et avait les pieds nus.

— Vous avez entendu ce qu'elle a dit ?

— Elle n'a presque rien dit... Seulement : « Oui... oui... bien... Qui... peut-être... » Et, enfin, elle a ajouté : « A tout à l'heure. »

— Elle est sortie ?

— Dix minutes plus tard.

— A quelle heure est-elle rentrée ce soir-là ?

— Elle n'est pas rentrée de la nuit. Ce n'est qu'à six heures du matin que je l'ai vue revenir. Je l'attendais, décidée à la mettre à la porte. Elle m'a dit qu'elle avait dû passer la nuit chez une parente malade. Elle n'avait pas l'air de quelqu'un qui est allé s'amuser. Elle s'est couchée et n'a pas quitté la chambre de deux jours. C'est moi qui lui ai porté à manger et lui ai acheté l'aspirine. Elle se plaignait d'avoir la grippe.

Se doutait-elle que chaque phrase formait image dans l'esprit de Maigret, qui semblait à peine écouter ? Petit à petit, il reconstituait la vie des deux femmes dans l'appartement sombre et encombré. Pour l'une au moins, c'était simple : il l'avait devant lui. Ce qui était plus difficile à imaginer, c'étaient les attitudes de la jeune fille, sa voix, ses gestes, et davantage encore ce qu'elle pouvait penser.

Maintenant, il connaissait son nom, pour autant que ce fût son nom véritable. Il savait où elle avait dormi les deux derniers mois, où elle avait passé une partie de ses soirées.

Il savait aussi que, par deux fois, elle s'était rendue rue de Douai pour louer ou pour emprunter une robe du soir. La première fois, elle avait payé. La seconde, il lui restait deux ou trois cents francs en poche, à peine le prix d'un taxi ou d'un repas frugal.

Est-ce que, la première fois qu'elle s'était rendue chez Mlle Irène, c'était à la suite du coup de téléphone ? Cela paraissait improbable. Cette fois-là, il n'était pas si tard quand elle s'était présentée dans la boutique.

En outre, elle était rentrée rue de Clichy à six heures du matin, vêtue de sa robe et de son manteau habituels. Elle n'avait pas pu déjà aller rendre la robe de satin bleu à Mlle Irène, qui se levait tard.

De tout cela, il ressortait que, deux mois plus tôt, vers le 1er janvier, elle n'était pas encore au bout de son rouleau, puisqu'elle était venue louer une chambre. Elle avait peu d'argent. Elle avait discuté pour obtenir une réduction de loyer. Elle partait le matin à des heures à peu près régulières, vers huit heures et demie d'abord, puis passé neuf heures.

Que faisait-elle de ses journées ? Et des soirées qu'elle ne passait pas dans sa chambre ?

Elle ne lisait pas. Il n'y avait aucun livre dans la pièce, aucun magazine. Si elle cousait, ce n'était que pour raccommoder ses vêtements et son linge, car, dans un tiroir, il y avait juste trois bobines de fil, un dé, des ciseaux, de la soie beige pour les bas, quelques aiguilles dans un étui.

D'après le docteur Paul, elle avait une vingtaine d'années.

— Je vous jure que c'est la dernière fois que je sous-loue !

— Je suppose qu'elle faisait sa chambre elle-même ?

— Vous ne me prenez pas pour sa domestique ? Une d'elles a essayé, et je vous prie de croire qu'elle n'a pas insisté.

— A quoi employait-elle ses dimanches ?

— Le matin, elle dormait tard. Dès la première semaine, j'ai remarqué qu'elle n'allait pas à la messe. Je lui ai demandé si elle n'était pas catholique. Elle m'a répondu que si. C'était pour dire quelque chose, vous comprenez ? Quelquefois, il était plus d'une heure de l'après-midi avant qu'elle sorte. Je suppose qu'elle se rendait au cinéma. Je me souviens d'avoir ramassé un ticket de cinéma dans sa chambre.

— Vous ne savez pas de quel cinéma il s'agissait ?

— Je n'ai pas fait attention. C'était un ticket rose.

— Un seul ?

Soudain, Maigret fixa sur la vieille un regard lourd, comme s'il voulait l'empêcher de mentir.

— Qu'est-ce qu'il y avait dans son sac à main ?

— Comment pourrais-je...

— Répondez. Il vous est sûrement arrivé d'y jeter un coup d'œil quand elle le laissait traîner.

— Elle le laissait rarement traîner.

— Il a suffi d'une fois. Vous avez vu sa carte d'identité ?

— Non.

— Elle n'en avait pas ?

— Pas dans son sac. En tout cas, elle n'y était pas cette fois-là. Il y a seulement une semaine que j'ai eu l'occasion de regarder. Je commençais à avoir des soupçons.

— Des soupçons de quoi ?

— Si elle avait travaillé régulièrement, elle aurait eu de quoi payer son loyer. C'est la première fois aussi que je voyais une fille de son âge ne posséder qu'une seule robe. Enfin, il n'y avait pas moyen de lui tirer un renseignement sur elle, sur ce qu'elle faisait, d'où elle venait, où vivait sa famille.

— Qu'est-ce que vous avez pensé ?

— Que... elle s'était peut-être enfuie de chez ses parents. Ou encore...

— Quoi ?

— Je ne sais pas. Je n'arrivais pas à la placer, comprenez-vous ? Avec certaines gens, on sait immédiatement à quoi s'en tenir. Pas avec elle. Elle n'avait pas d'accent. Elle n'avait pas non plus l'air de venir de la campagne. Je crois qu'elle était instruite. A part sa façon de ne pas répondre aux questions et de toujours m'éviter, elle était assez bien élevée. Oui, je crois qu'elle avait reçu une bonne éducation.

— Qu'y avait-il dans son sac ?

— Du rouge à lèvres, un poudrier, un mouchoir, des clefs.

— Quelles clefs ?

— Celle de l'appartement, que je lui avais remise, et celle de son sac de voyage. Il y avait aussi un portefeuille usé avec de l'argent et une photographie.

— D'homme ? De femme ?

— D'homme. Mais ce n'est pas ce que vous croyez. C'est une photo qui date d'au moins quinze ans, jaunie, cassée, d'un homme d'une quarantaine d'années.

— Vous pouvez le décrire ?

— Un bel homme, élégant. Ce qui m'a frappée, c'est qu'il portait un complet très clair, probablement en toile, comme j'en ai souvent vu à Nice. Si j'ai pensé à Nice, c'est parce qu'il y avait un palmier derrière lui.

— Vous n'avez remarqué aucune ressemblance ?

— Avec elle ? Non. J'y ai pensé aussi. Si c'est son père, elle ne lui ressemblait pas.

— Vous le reconnaîtriez si vous le rencontriez ?

— A condition qu'il n'ait pas trop changé.

— Vous n'en avez pas parlé à votre locataire ?

— Comment lui aurais-je dit que j'avais vu la

photographie ? En ouvrant son sac ? Je lui ai seulement parlé de Nice, du Midi...

— Tu veux emporter tout ça, Janvier ?

Maigret désignait les tiroirs, la robe de chambre dans l'armoire, la valise bleue. La valise suffisait à tout contenir et, comme la serrure était brisée, il fallut demander une ficelle à la vieille pour la fermer.

— Vous croyez que j'aurai des ennuis ?

— Pas avec nous.

— Avec les gens de l'impôt ?

Maigret haussa les épaules, grommela :

— Cela ne nous regarde pas.

Où il est question d'une jeune fille sur un banc
et d'une mariée dans une boîte de nuit

La vieille femme, par l'entrebâillement de sa porte, qu'elle avait eu soin de ne pas refermer tout à fait, les avait vus se diriger, non vers l'ascenseur ou l'escalier, mais vers l'appartement d'en face. Quand ils en sortirent, Maigret regarda le panneau qui bougeait et, en descendant, se contenta de dire à Janvier :

— Elle est jalouse.

Une fois, au procès d'un homme qu'il avait envoyé devant les Assises, quelqu'un qui suivait les débats avec lui avait murmuré :

— Je me demande à quoi il pense.

Et Maigret avait laissé tomber :

— A ce que les journaux diront de lui dans leur prochaine édition.

Il prétendait que les assassins, tout au moins jusqu'à leur condamnation, sont moins préoccupés par leur crime, à plus forte raison par le souvenir de leur victime, que par l'effet qu'ils produisent sur le public. Du jour au lendemain, ils sont devenus des vedettes. Journalistes et photographes les assaillent. Parfois le public fait la queue pendant des heures pour être admis à les regarder. N'est-il pas naturel qu'il leur vienne alors une âme de cabotin ?

La veuve Crêmieux n'avait certainement pas été enchantée de voir la police envahir son domicile. Maigret, en outre, avait une façon de poser les questions qui empêchait de répondre comme on aurait aimé le faire. Elle avait dû avouer certaines choses pas très agréables.

Mais, tout au moins, pendant près d'une heure, s'était-on occupé d'elle, allant jusqu'à enregistrer ses moindres mots dans un carnet !

Or, l'instant d'après, le même commissaire allait sonner en face et faisait le même honneur à une petite bonne mal dégrossie.

— On prend un verre ?

Il était passé onze heures. Ils entrèrent dans un bar du coin de la rue et burent leur apéritif sans mot dire, comme s'ils ruminaient tous les deux ce qu'ils venaient d'apprendre.

Il en était de Louise Laboine comme des plaques photographiques qu'on trempe dans le révélateur. Deux jours avant, elle n'existait pas pour eux. Puis elle avait été une silhouette bleue, un profil sur le pavé mouillé de la place Vintimille, un corps blanc sur le marbre de l'Institut Médico-Légal. Maintenant, elle avait un nom ; et une image commençait à se dessiner, qui restait encore schématique.

La patronne de Rose, elle aussi, avait été un peu vexée quand Maigret lui avait dit :

— Cela ne vous ferait rien de garder les enfants pendant que nous poserons quelques questions à votre domestique ?

Rose n'avait pas seize ans et n'avait pas encore perdu son duvet.

— C'est toi qui m'as téléphoné ce matin, n'est-ce pas ?

— Oui, monsieur.

— Tu connaissais Louise Laboine ?

— Je ne savais pas son nom.

— Tu la rencontrais dans l'escalier ?

— Oui, monsieur.

— Elle te parlait ?

— Elle ne m'a jamais parlé, mais chaque fois elle m'adressait un sourire. J'ai toujours pensé qu'elle était triste. Elle ressemblait à une actrice de cinéma.

— Il ne t'est pas arrivé de la voir ailleurs que dans l'escalier ?

— Plusieurs fois.

— Où ?

— Sur le banc, square de la Trinité, où je vais presque tous les après-midi avec les enfants.

— Qu'est-ce qu'elle y faisait ?

— Rien.

— Elle attendait quelqu'un ?

— Je ne l'ai pas vue avec quelqu'un.

— Elle lisait ?

— Non. Une fois, elle a mangé un sandwich. Croyez-vous qu'elle savait qu'elle allait mourir ?

C'était tout ce que Rose leur avait appris. Cela

indiquait que, depuis un certain temps en tout cas, la jeune fille n'avait pas de travail régulier. Elle ne se donnait pas la peine d'aller loin. Elle descendait la rue de Clichy et, sans quitter le quartier, allait s'asseoir devant l'église de la Trinité.

Maigret avait eu l'idée de demander :

— Tu ne l'as jamais vue entrer à l'église ?

— Non, monsieur.

Le commissaire paya, s'essuya la bouche et, suivi de Janvier, remonta dans la petite voiture. Quai des Orfèvres, il aperçut tout de suite une silhouette grise dans l'antichambre, reconnut Lognon qui avait le nez plus rouge que jamais.

— Vous m'attendez, Lognon ?

— Depuis une heure.

— On dirait que vous ne vous êtes pas couché ?

— Cela n'a pas d'importance.

— Venez dans mon bureau.

Les gens qui avaient vu Lognon l'attendre avaient dû le prendre, non pour un policier, mais pour quelqu'un qui vient faire des aveux, car il était sombre et lugubre. Cette fois, il était réellement enrhumé, sa voix était rauque et il devait sans cesse tirer son mouchoir de sa poche. Il évitait de s'en plaindre, prenait un air résigné, l'air d'un être qui a souffert toute sa vie et qui souffrira pendant le reste de ses jours.

Maigret s'installait, bourrait sa pipe sans que l'autre, le bout des fesses sur une chaise, se permît de prononcer un mot.

— Je suppose que vous avez du nouveau ?

— Je suis venu vous faire mon rapport.

— J'écoute, mon vieux.

La cordialité n'avait pas de prise sur le Malgracieux, qui devait y voir Dieu sait quelle ironie.

— J'ai recommencé hier soir ma tournée de la nuit précédente, avec plus de soin. Jusqu'aux environs de trois heures du matin, trois heures quatre minutes exactement, cela n'a donné aucun résultat.

Tout en parlant, il tirait un bout de papier de sa poche.

— Donc, à trois heures quatre minutes, en face d'une boîte de nuit qui s'appelle *le Grelot*, j'ai interpellé un chauffeur de taxi nommé Léon Zirkt, 53 ans, domicilié à Levallois-Perret.

Ces détails étaient probablement inutiles. L'inspecteur tenait à mettre les points sur les i, soulignant ainsi qu'il n'était qu'un subalterne qui n'avait pas à juger de ce qui était important ou non.

Il parlait d'une voix monotone, sans regarder le commissaire qui ne pouvait s'empêcher de sourire.

— Je lui ai montré la photographie, ou plus exactement les photographies, et il a reconnu celle en robe du soir.

Il prit un temps, comme un acteur, lui aussi. Il ne savait pas encore que Maigret avait découvert l'identité de la morte ainsi que son dernier domicile.

— La nuit de lundi à mardi, Léon Zirkt se trouvait en stationnement, un peu avant minuit, en face du *Roméo*, une nouvelle boîte de la rue Caumartin.

Il avait tout préparé d'avance, tirait un autre papier de sa poche, une coupure de journal, cette fois.

— Cette nuit-là, par exception, le *Roméo* n'était

pas ouvert aux clients habituels, car la salle avait été louée pour un banquet de noces.

De la même façon que les avocats, au tribunal, posent un document devant le président, il posait la coupure de journal devant Maigret et allait se rasseoir.

— Ainsi que vous le verrez, il s'agit du mariage d'un certain Marco Santoni, représentant en France d'une grande marque de vermouth italien, avec une demoiselle Jeanine Armenieu, de Paris, sans profession. Les invités étaient nombreux, car Marco Santoni, paraît-il, est fort connu dans les milieux où l'on s'amuse.

— C'est Zirkt qui vous a fourni ces détails ?

— Non. Je me suis rendu au *Roméo*. Le chauffeur, donc, attendait, avec un certain nombre de ses collègues. Il tombait une pluie fine. Vers minuit un quart environ, une jeune fille en robe du soir bleue et en cape de velours sombre est sortie de l'établissement et s'est mise à marcher sur le trottoir. Zirkt l'a interpellée, lui lançant le traditionnel :

» — Taxi ?

» Mais elle a continué son chemin en secouant la tête.

— Il est sûr que c'est elle ?

— Oui. Une enseigne au néon éclaire l'entrée du *Roméo*. En homme habitué à faire la nuit, Zirkt a remarqué que la robe était assez miteuse. D'ailleurs, le nommé Gaston Rouget, pisteur du *Roméo*, a reconnu la photographie aussi.

— Je suppose que le chauffeur ignore où elle est allée ?

Lognon dut se moucher. Il n'avait pas l'air de

triompher, se montrait, au contraire, d'une humilité exagérée, comme s'il s'excusait du peu qu'il apportait.

— Un couple est sorti à ce moment-là, je veux dire quelques minutes plus tard, et s'est fait conduire à l'Etoile. Quand Zirkt a traversé la place Saint-Augustin, il a retrouvé la jeune fille qui, à pied, la traversait aussi. Elle marchait vite, vers le boulevard Haussmann, comme si elle se rendait aux Champs-Elysées.

— C'est tout ?

— Il a déposé ses clients et, plus tard, a été surpris de la revoir au coin du boulevard Haussmann et du faubourg Saint-Honoré. Elle marchait toujours. Il a regardé l'heure, curieux de savoir le temps qu'elle avait mis pour parcourir tout ce chemin. Il n'était pas loin d'une heure.

Or, c'était vers deux heures que Louise Laboine avait été tuée et, à trois heures, on la trouvait, morte, place Vintimille.

Lognon avait bien travaillé. Et il n'avait pas encore vidé son sac. Maigret le comprenait en le voyant rester à sa place et tirer un troisième bout de papier de sa poche.

— Marco Santoni a son appartement rue de Berri.

— Vous l'avez vu également ?

— Non. A la fin du souper au *Roméo,* les nouveaux mariés ont pris l'avion pour Florence, où ils doivent passer quelques jours. J'ai parlé à son valet de chambre, Joseph Ruchon.

Lognon n'avait pas de voiture à sa disposition. Il n'avait certainement pas pris de taxi, sachant qu'on éplucherait sa note de frais. Pendant la nuit, il avait dû faire à pied toutes ces allées et venues et, le matin, sans doute en métro ou en autobus.

— J'ai questionné aussi le barman du *Fouquet's* aux Champs-Elysées, et celui de deux autres établissements. Je n'ai pas pu voir le barman du *Maxim's* qui habite la banlieue et qui n'était pas encore arrivé.

Sa poche paraissait inépuisable. Il y pêchait au fur et à mesure des morceaux de papier qui correspondaient chacun à une phase de son enquête.

— Santoni a quarante-cinq ans. C'est un bel homme, un peu gras, très soigné, qui fréquente les cabarets, les bars et les meilleurs restaurants. Il a eu de nombreuses maîtresses, surtout parmi les mannequins et les danseuses. Il y a quatre ou cinq mois, autant que j'aie pu le savoir, il a rencontré Jeanine Armenieu.

— Elle était mannequin ?

— Non. Elle ne fréquentait pas les mêmes milieux. Il n'a jamais dit où il l'avait découverte.

— Quel âge ?

— Vingt-deux ans. Peu après avoir fait la connaissance de Santoni, elle s'est installée à l'*Hôtel Washington,* rue Washington. Santoni lui rendait souvent visite et il arrivait à Jeanine de passer la nuit chez lui.

— C'est son premier mariage ?

— Oui.

— Le valet de chambre a vu la photographie de la morte ?

— Je la lui ai montrée. Il affirme qu'il ne la

connaît pas. Je l'ai montrée également aux trois barmen qui m'ont fait la même réponse.

— Le valet de chambre se trouvait dans l'appartement, la nuit de lundi à mardi ?

— Il finissait de boucler les bagages en vue du départ du couple. Personne n'a sonné. Santoni et sa nouvelle femme sont arrivés à cinq heures du matin, très gais, se sont changés et se sont précipités vers Orly.

Il y eut un nouveau silence. Chaque fois, Lognon laissait croire ainsi qu'il était au bout de son rouleau mais, à la qualité de ce silence, à l'humilité de sa pose, Maigret devinait qu'il n'en était rien.

— Vous ne savez pas si la jeune fille est restée longtemps au *Roméo* ?

— Je vous ai dit que j'avais questionné le pisteur.

— On réclamait les invitations à l'entrée ?

— Non. Certaines personnes montraient leur carton, d'autres pas. Le pisteur se souvient d'avoir vu la jeune fille entrer un peu avant minuit, alors qu'on venait de commencer à danser. Justement parce qu'elle n'avait pas l'air d'une cliente habituelle, il l'a laissée entrer, la prenant pour une amie de la jeune mariée.

— Elle est donc restée environ un quart d'heure ?

— Oui. J'ai interrogé le barman.

— Il était au *Roméo* ce matin ?

Et Lognon de répondre simplement :

— Non. Je suis allé le voir chez lui, à la porte des Ternes. Il dormait.

En mettant toutes ces allées et venues bout à

bout, cela représentait un nombre impressionnant de kilomètres. Maigret, malgré lui, imaginait Lognon les parcourant à pied, dans la nuit, puis dans le petit jour, avec l'air d'une fourmi qui porte un fardeau trop lourd mais que rien ne détourne néanmoins de sa route.

Il n'y avait sans doute pas un autre inspecteur pour abattre une besogne comme celle-là, sans oublier un détail, sans rien laisser au hasard, et pourtant le pauvre Lognon qui, depuis vingt ans, n'avait d'autre ambition que d'accéder un jour au Quai des Orfèvres, n'y arriverait jamais.

Cela tenait en partie à son humeur. Cela tenait aussi à ce qu'il n'avait pas l'instruction de base indispensable et qu'il échouait à tous les examens.

— Que dit le barman ?

Un autre bout de papier encore, avec nom, adresse, quelques notes. Lognon n'avait pas besoin de les consulter, il savait tout par cœur.

— Il l'a remarquée qui se tenait d'abord près de la porte. Le maître d'hôtel s'est approché d'elle et lui a dit quelques mots à mi-voix. Elle a fait signe que non. Sans doute lui demandait-il à quelle table elle était attendue. Ensuite, elle s'est faufilée dans la foule. Beaucoup de gens se tenaient debout. On dansait non seulement sur la piste mais entre les tables.

— Elle a parlé à la mariée ?

— Il lui a fallu un certain temps, car celle-ci dansait aussi. La jeune fille est parvenue enfin à s'en approcher et elles ont eu un entretien assez long.

» Deux fois, Santoni, impatient, les a interrompues.

— La jeune mariée lui a remis quelque chose ?

— J'ai posé la question. Le barman n'a pas pu me répondre.

— Elles ont eu l'air de se disputer ?

— Mme Santoni, paraît-il, se montrait réservée, sinon froide, et plusieurs fois elle a fait non de la tête. Ensuite, le barman a perdu de vue la jeune fille en bleu.

— Je suppose que vous n'avez pas questionné le maître d'hôtel ?

Cela devenait un jeu.

— Il habite rue Caulaincourt, tout en haut. Il dormait, lui aussi.

Car, là aussi, Lognon était allé !

— Il m'a confirmé les dires du barman. Il s'est approché de la jeune fille pour lui demander qui elle cherchait et elle lui a répondu qu'elle était une amie de la mariée et qu'elle n'avait que quelques mots à lui dire.

Cette fois, Lognon se levait, ce qui signifiait qu'il avait vidé son sac.

— Vous avez fait un travail extraordinaire, vieux.

— J'ai fait ce que j'avais à faire.

— Maintenant, allez vous coucher. Vous feriez mieux de vous soigner.

— Ce n'est qu'un rhume.

— Qui, si vous n'y prenez garde, deviendra une bronchite.

— Je fais une bronchite chaque hiver et je ne me suis jamais mis au lit pour ça.

C'était l'ennui avec Lognon. Il venait, à la sueur de son front, c'était le cas de le dire, de réunir un certain nombre de renseignements probablement précieux. Si ces renseignements avaient été apportés par un de ses inspecteurs, Maigret en aurait mis aussitôt quelques autres en chasse afin d'en tirer le maximum. Un homme ne peut pas tout faire.

Or, si le commissaire agissait ainsi, l'inspecteur Malgracieux aurait la conviction qu'on lui retirait le pain de la bouche.

Il était mort de fatigue, enroué, abattu par son rhume. Il n'avait pas dormi plus de sept ou huit heures en trois nuits. Force n'en était pas moins de le laisser continuer. Et il ne s'en considérait pas moins comme une victime, comme un pauvre homme à qui on laisse les tâches les plus ingrates et à qui, au dernier moment, on retire les honneurs du succès.

— Quelle est votre idée ?

— A moins que vous ayez l'intention de désigner quelqu'un d'autre...

— Mais non ! Ce que j'en disais, c'était pour vous, afin que vous vous reposiez.

— J'aurai tout le temps de me reposer quand on me mettra à la retraite. Je n'ai pas pu passer à la mairie du VIIIe arrondissement où le mariage a eu lieu, ni à l'*Hôtel Washington,* où la nouvelle Mme Santoni habitait avant son mariage. Je suppose que je pourrai y découvrir où elle vivait auparavant et, par elle, il est possible que je trouve l'adresse de la morte.

— Elle a habité les deux derniers mois rue de Clichy, chez une certaine Mme Crêmieux, une veuve qui lui sous-louait une chambre de son appartement.

Lognon pinça les lèvres.

— Nous ignorons ce qu'elle faisait avant. Chez la veuve Crêmieux, elle a donné le nom de Louise Laboine. Sa logeuse n'a pas vu sa carte d'identité.

— Je peux continuer mon enquête ?

A quoi bon protester ?

— Bien sûr, mon vieux, si vous voulez. Ne vous surmenez quand même pas.

— Je vous remercie.

Maigret resta seul un bon moment dans son bureau, à fixer sans la voir la chaise sur laquelle le Malgracieux était assis un peu plus tôt.

Toujours comme sur une plaque photographique, de nouveaux traits de Louise Laboine apparaissaient, mais l'ensemble restait flou.

Est-ce que, pendant les deux derniers mois, alors qu'elle n'avait pas de travail régulier, elle était à la recherche de Jeanine Armenieu ?

Il était possible, par exemple, qu'elle ait tout à coup lu dans le journal que celle-ci épousait Marco Santoni et qu'une grande réception se donnait à cette occasion au *Roméo*.

Dans ce cas, elle avait lu le journal tard dans l'après-midi, puisqu'il était passé neuf heures quand elle s'était précipitée chez Mlle Irène pour se procurer une robe du soir. Elle était sortie vers dix heures de la boutique de la rue de Douai.

Qu'avait-elle fait, dehors, de dix heures à minuit ? Il n'y a guère plus de vingt minutes de marche de la rue de Douai à la rue Caumartin.

Fallait-il croire qu'elle avait passé tout ce temps-là dans les rues, à hésiter ?

Le rapport du docteur Paul se trouvait encore sur le bureau. Maigret le parcourait des yeux. On spécifiait que l'estomac de la morte contenait une certaine quantité d'alcool.

Or, à en croire le maître d'hôtel, la jeune fille n'avait pas eu l'occasion de boire pendant le temps assez bref qu'elle avait passé au *Roméo*.

Ou elle avait bu avant, pour se donner du courage, ou elle avait bu après, entre le moment où elle avait quitté la noce et celui où on l'avait trouvée morte place de Vintimille.

Il alla ouvrir la porte du bureau des inspecteurs, appela Janvier.

— J'ai un travail pour toi. Tu vas te rendre rue de Douai. Tu descendras à pied jusqu'à la rue Caumartin en t'arrêtant dans tous les bars et dans tous les cafés, et tu montreras la photographie.

— Celle en robe du soir ?

— Oui. Essaie de savoir si, lundi soir, entre dix heures et minuit, on a vu la jeune fille.

Maigret le rappela au moment où Janvier allait refermer la porte.

— Si tu rencontres Lognon, ne lui parle pas de ce que tu fais.

— Compris, patron !

La valise bleue était dans un coin du bureau et il semblait qu'elle n'avait plus rien à leur apprendre. C'était une valise bon marché, comme on en vend dans tous les bazars et aux environs des gares. Elle était usée.

Maigret sortit de son bureau, se dirigea, au bout

du couloir, vers celui de son collègue Priollet, de la Brigade Mondaine. Priollet signait son courrier et Maigret fuma tranquillement sa pipe en le regardant faire.

— Besoin de moi ?

— Juste un renseignement. Tu connais un certain Santoni ?

— Marco ?

— Oui.

— Il vient de se marier.

— Qu'est-ce que tu sais de lui ?

— Il gagne beaucoup d'argent et le dépense aussi facilement qu'il le gagne. Un beau garçon, amateur de femmes, de dîners fins et d'autos de luxe.

— Rien contre lui ?

— Rien. Il sort d'une bonne famille de Milan. Son père est un grand manitou du vermouth et Marco représente la marque pour toute la France. Il fréquente les bars des Champs-Elysées, les grands restaurants et les jolies filles. Depuis quelques mois, il s'est fait accrocher.

— Par Jeanine Armenieu.

— J'ignorais son nom. Nous n'avons aucune raison de nous occuper de lui ni de ses amours. J'ai seulement appris qu'il se mariait parce qu'il a donné une fête du tonnerre dans une boîte de nuit qu'il a louée pour l'occasion.

— J'aimerais que tu te renseignes sur sa femme. Elle a habité les derniers mois à l'*Hôtel Washington.* J'ai besoin de savoir d'où elle sort, ce qu'elle faisait avant de le connaître, qui étaient ses amies et ses amis. Surtout ses amies.

Priollet écrivait quelques mots au crayon sur un bloc-notes.

— C'est tout ? Cela a un rapport avec la morte de la place Vintimille ?

Maigret fit signe que oui.

— Je suppose que tu n'as rien dans tes dossiers sur une certaine Louise Laboine ?

Priollet se tourna vers une porte ouverte.

— Dauphin ! Tu as entendu le nom ?

— Oui, patron.

— Veux-tu vérifier ?

Quelques minutes plus tard, l'inspecteur Dauphin lançait de la pièce voisine :

— Rien sur elle.

— Je regrette, mon vieux. Je vais m'occuper de Mme Santoni. Par exemple, il sera difficile de l'interroger avant quelque temps car, selon les journaux, les jeunes mariés sont en Italie.

— Je ne désire pas qu'on l'interroge à présent.

L'horloge, sur la cheminée, la même horloge noire que dans le bureau de Maigret, et que dans celui de tous les commissaires, marquait midi moins quelques minutes.

— Tu viens prendre un verre ?

— Pas maintenant, répondit Priollet. J'attends quelqu'un.

On aurait dit que Maigret ne savait que faire de son grand corps. On le vit traverser lentement le corridor, regarder, maussade, dans la salle d'attente vitrée, où deux ou trois clients se morfondaient. Quelques minutes plus tard, il gravissait les marches d'un escalier étroit, poussait, sous les combles du

90

Palais de Justice, la porte du laboratoire. Moers était penché sur un microscope.

— Tu as examiné les vêtements que je t'ai envoyés ?

Ici, jamais aucune agitation, des hommes en blouse grise se livraient à des travaux minutieux, maniaient des appareils compliqués dans une atmosphère paisible et Moers était l'image même de la paix intérieure.

— La robe noire, dit-il, n'a jamais été envoyée au dégraisseur, mais on en a nettoyé souvent les taches avec de la benzine et on la brossait régulièrement. Il restait néanmoins des poussières incrustées dans le tissu. Je les ai analysées. J'ai aussi examiné certaines taches qui ont résisté à la benzine. C'est ainsi que j'ai repéré de la peinture verte.

— C'est tout ?

— Presque. Quelques grains de sable.

— Du sable de rivière ?

— Du sable de mer, le genre de sable que l'on trouve sur la côte normande.

— Ce n'est pas le même que celui de la Méditerranée ?

— Non. Ni que celui de l'Océan.

Maigret traîna encore dans le laboratoire, vida sa pipe en la frappant sur son talon. Quand il redescendit, il était passé midi et les inspecteurs s'en allaient déjeuner.

— Lucas vous cherche ! lui dit l'un d'eux, Jussieu, qui travaillait dans son service.

Il trouva Lucas le chapeau sur la tête.

— J'allais partir. J'ai laissé une note sur votre bureau. Féret demande que vous l'appeliez le plus tôt possible. Il paraît que c'est au sujet de la jeune morte.

Maigret rentra dans son bureau, décrocha.

— Passez-moi la brigade mobile de Nice.

Jamais on n'avait reçu aussi peu de coups de téléphone, après la publication d'une photographie dans les journaux. Jusqu'ici, il n'y en avait eu qu'un seul, celui de Rose, la petite bonne de la rue de Clichy.

Pourtant, des douzaines, des centaines de personnes avaient dû apercevoir la jeune fille qui, pendant des mois, tout au moins, avait circulé dans Paris.

— Allô ! Féret ?

— C'est vous, patron ?

L'inspecteur Féret avait travaillé pour Maigret avant d'être nommé à Nice, où il avait demandé à être transféré à cause de la santé de sa femme.

— J'ai reçu un coup de téléphone, de bonne heure, ce matin, au sujet de la personne dont vous vous occupez. Au fait, vous savez maintenant son nom ?

— Il paraît qu'elle s'appelle Louise Laboine.

— C'est exact. Vous voulez que je vous donne les détails ? Remarquez que ce n'est pas grand-chose. J'attendais vos instructions avant d'entreprendre une enquête plus poussée. Ce matin, donc, vers huit heures et demie, j'ai reçu un coup de téléphone d'une marchande de poisson, une certaine Alice Feynerou... Allô !...

— J'écoute.

Maigret notait à tout hasard le nom sur un des papiers de Lognon.

— Elle prétend qu'elle a reconnu la photographie qui vient d'être publiée par *l'Eclaireur*. Mais cela remonte assez loin. A quatre ou cinq ans, paraît-il. La jeune fille, qui n'était qu'une gamine à l'époque, habitait avec sa mère l'immeuble voisin de la marchande de poisson.

— Celle-ci a pu fournir des détails ?

— La mère, paraît-il, était une mauvaise paie, c'est ce dont elle se souvient le mieux :

» — Des gens à qui on devrait jamais faire crédit... m'a-t-elle dit.

— Que raconte-t-elle d'autre ?

— La mère et la fille habitaient un appartement assez confortable, non loin de l'avenue Clemenceau. La mère aurait été jadis une belle femme. Elle est plus âgée que ne l'est d'habitude la mère d'une fille de quinze ou seize ans. A cette époque-là, elle avait largement dépassé la cinquantaine.

— De quoi vivaient-elles toutes les deux ?

— Mystère. La mère faisait beaucoup de toilette, sortait généralement après le déjeuner et ne rentrait que tard dans la nuit.

— C'est tout ? Pas d'homme dans l'histoire ?

— Pas d'homme. S'il y avait eu quelque chose d'irrégulier, la marchande de poisson aurait été trop heureuse de m'en parler.

— Elles ont quitté le quartier ensemble ?

— A ce qu'il paraît. Un beau jour, elles ont disparu, et il semble qu'elles aient laissé quelques dettes derrière elles.

— Tu t'es assuré que le nom de Laboine ne figure pas dans tes dossiers ?

— Cela a été mon premier soin. Il n'y a rien.

J'ai questionné mes collègues. Le nom n'est pas étranger à un des anciens, mais il ne parvient pas à se souvenir.

— Tu veux t'en occuper ?

— Je ferai mon possible. Qu'est-ce que vous voulez surtout savoir ?

— Tout. Quand la fille a quitté Nice. Ce que la mère est devenue. Leurs moyens d'existence. Les gens qu'elles fréquentaient. Au fait, si la fille avait quinze ou seize ans à l'époque, il est probable qu'elle allait encore à l'école. Veux-tu vérifier dans les écoles de la ville ?

— Compris. Je vous appellerai dès que j'aurai du nouveau.

— Vois le casino aussi, au sujet de la mère.

— J'y pensais justement.

Encore quelques traits de plus. C'était une gamine, maintenant, que ce coup de téléphone évoquait, une gamine qui allait acheter du poisson chez une marchande à qui sa mère devait de l'argent et qui la recevait fraîchement.

Maigret endossa son pardessus, mit son chapeau et descendit l'escalier, où il croisa un homme entre deux gendarmes, qu'il ne regarda pas. Avant de traverser la cour, il entra dans le bureau des garnis. Il avait écrit le nom de Louise sur un bout de papier, ainsi que celui de Jeanine Armenieu.

— Tu veux demander à tes hommes de rechercher ces deux noms-là dans les fiches ? Plutôt de l'année dernière que de cette année.

Il valait mieux que le pauvre Lognon ne sache pas qu'on faisait ainsi une partie de son travail.

Une averse ayant fini quelques minutes plus tôt,

le soleil s'était montré et on voyait déjà la pluie sécher sur les pavés. Maigret faillit arrêter un taxi qui passait, changea d'avis et se dirigea lentement vers la brasserie Dauphine où il resta debout au bar. Il ne savait pas ce qu'il avait envie de boire. Deux inspecteurs qui n'étaient pas de son service discutaient de l'âge de la pension.

— Qu'est-ce que ce sera, monsieur Maigret ?

On aurait pu croire qu'il était de mauvaise humeur, mais ceux qui le connaissaient savaient que ce n'était pas le cas. Seulement, il était partout à la fois, dans l'appartement de la veuve de la rue de Clichy, chez la marchande de robes de la rue de Douai, sur le banc de la place de la Trinité, à Nice maintenant, à imaginer une gamine chez une marchande de poisson.

Toutes ces images-là se mêlaient, encore confuses, et quelque chose finirait bien par sortir. Il y en avait une, surtout, dont il ne parvenait pas à se débarrasser, celle d'un corps nu sous un violent éclairage électrique, avec la silhouette du docteur Paul, en blouse blanche, qui enfilait ses gants de caoutchouc.

— Un pernod ! dit-il machinalement.

Est-ce que Paul ne lui avait pas dit qu'avant de recevoir des coups sur la tête la jeune fille était tombée à genoux ?

Elle était passée un peu plus tôt au *Roméo,* rue Caumartin, où un chauffeur de taxi avait remarqué sa robe miteuse, où le barman l'avait vue se faufiler parmi les danseurs, où elle avait parlé au maître d'hôtel, puis à la mariée.

Ensuite, elle avait marché sous la pluie. On

l'avait vue traverser la place Saint-Augustin, aperçue ensuite, boulevard Haussmann, au coin du faubourg Saint-Honoré.

Qu'est-ce qu'elle pensait, pendant ce temps-là ? Où allait-elle ? Qu'espérait-elle ?

Elle n'avait pour ainsi dire plus d'argent, à peine assez pour un repas. La vieille Mme Crêmieux l'avait mise à la porte.

Elle n'avait pas pu aller bien loin, et, quelque part, elle avait reçu des gifles ou des coups de poing, elle était tombée à genoux, quelqu'un l'avait frappée sur le crâne avec un instrument dur et pesant.

Cela s'était passé vers deux heures, à en croire l'autopsie. Qu'avait-elle fait de minuit à deux heures ?

Après, ce n'était plus elle qui avait agi, mais l'assassin, qui était allé déposer son cadavre au beau milieu de la place Vintimille.

— Drôle de fille ! grommela-t-il.

— Vous dites ? questionna le garçon.

— Rien. Quelle heure est-il ?

Il rentra déjeuner chez lui.

— A propos de la question que tu me posais hier soir... fit Mme Maigret tandis qu'ils mangeaient tous les deux. J'y ai pensé toute la matinée. Il y a une autre raison, pour une jeune fille, de porter une robe de soirée.

Il n'eut pas les mêmes délicatesses pour elle que pour Lognon, murmura, distrait, sans lui laisser sa chance :

— Je sais. C'était pour un mariage.

Mme Maigret ne dit plus rien.

5

D'une dame qui gagne sa vie en jouant
à la roulette, d'une vieille fille
qui tient à tout dire et d'une gamine
qui se cache sous le lit

Deux fois, peut-être trois, cet après-midi-là, Maigret, levant la tête de ses papiers, regarda le ciel
et, comme il était d'un bleu candide, avec des
nuages frangés d'or et du soleil qui ruisselait des
toits, il s'interrompit en soupirant pour aller ouvrir
la fenêtre.

Il avait à peine eu le temps, chaque fois, de
retourner à sa place et de savourer une bouffée prin-
tanière qui donnait une saveur particulière à sa pipe
que les papiers se mettaient à frémir, à se soulever
pour s'éparpiller enfin dans la pièce.

Là-haut, les nuages n'étaient déjà plus blanc et
or mais d'un gris bleuté et la pluie tombait en dia-
gonale, crépitait sur l'appui de la fenêtre tandis que,
sur le pont Saint-Michel, les gens marchaient sou-

dain plus vite, comme dans les anciens films muets, et que les femmes tenaient leur jupe.

La deuxième fois, ce ne fut pas de l'eau qui tomba, mais des grêlons qui rebondissaient comme des balles de ping-pong et, quand il referma la fenêtre, il en retrouva au milieu de la pièce.

Est-ce que Lognon était toujours dehors, l'œil morne, les oreilles basses, comme un chien de chasse, à suivre Dieu sait quelle piste parmi la foule ? C'était possible. C'était probable. Il n'avait pas téléphoné. Il n'emportait jamais de parapluie. Il n'était pas non plus l'homme à se coller contre une porte cochère avec les autres pour attendre la fin de l'averse, mais, au contraire, il devait éprouver une âcre volupté à se laisser tremper, à être seul, au plus fort de la giboulée, à marcher sur les trottoirs, victime de l'injustice et de sa propre conscience.

Janvier, lui, était revenu vers trois heures, légèrement éméché. C'était rare de le voir ainsi, l'œil plus allumé que d'habitude, la voix plus enjouée.

— Ça y est, patron !

— Qu'est-ce qui y est ?

A l'entendre, on aurait pu croire qu'il venait de retrouver la jeune fille vivante.

— Vous aviez raison.

— Explique.

— J'ai fait tous les bars, tous les cafés.

— Je vois.

— C'est seulement au coin de la rue Caumartin et de la rue Saint-Lazare qu'elle s'est arrêtée. Le garçon qui l'a servie s'appelle Eugène.

» Il est chauve, habite Bécon-les-Bruyères et a

98

une fille à peu près du même âge que la jeune morte.

Janvier écrasait sa cigarette dans le cendrier, en allumait une autre.

— Elle est arrivée vers dix heures et demie et s'est assise dans un coin, près de la caisse. Elle semblait avoir froid et elle a commandé un grog. Puis, quand Eugène le lui a servi, elle lui a demandé un jeton de téléphone. Elle est entrée dans la cabine. Elle en est ressortie presque aussitôt. Dès lors, et jusque vers minuit, elle a essayé au moins dix fois d'avoir quelqu'un au bout du fil.

— Combien de grogs a-t-elle bus ?

— Trois. Toutes les quelques minutes, elle retournait à la cabine et composait un numéro.

— Elle a fini par l'obtenir ?

— Eugène ne sait pas. Il s'attendait chaque fois à ce qu'elle se mette à pleurer. Elle ne l'a pas fait. A certain moment, il a essayé d'engager la conversation et elle l'a regardé sans répondre. Vous voyez que ça colle. Elle quittait la boutique de la rue de Douai un peu après dix heures. Elle a eu le temps de descendre à pied jusqu'à la rue Caumartin. Elle est restée dans le café, à essayer de joindre au bout du fil quelqu'un, jusqu'au moment où elle s'est dirigée vers le *Roméo*. Trois grogs, pour une jeune fille, ce n'est pas mal. Elle devait avoir un plumet.

— Et plus d'argent dans son sac, remarqua Maigret.

— Je n'y avais pas pensé. C'est vrai. Qu'est-ce que je fais ?

— Tu n'as rien en train ?

— Seulement de la routine.

Maintenant, il était penché sur son bureau, lui aussi, regrettant sans doute que la tournée n'ait pas été plus longue.

Maigret feuilletait des dossiers, prenait des notes, donnait de temps en temps un coup de téléphone à un autre service. Il était près de cinq heures quand il vit entrer Priollet qui demanda avant de s'asseoir :

— Je ne te dérange pas ?

— Pas du tout. Je liquide de vieilles affaires.

— Tu connais Lucien, un de mes inspecteurs, qui habite près de chez toi ?

Maigret s'en souvenait vaguement. C'était un petit gros, au poil très noir, dont la femme tenait une herboristerie rue du Chemin-Vert. Il l'avait surtout vu, l'été, sur le seuil de la boutique, quand, avec sa femme, Maigret allait dîner chez le docteur Pardon.

— Il y a un quart d'heure, j'ai posé la question à Lucien, à tout hasard, comme je l'ai posée à tous mes hommes.

— Au sujet de Jeanine Armenieu ?

— Oui. Il m'a regardé en fronçant les sourcils.

» — C'est curieux, m'a-t-il dit. Ma femme m'en a justement parlé en déjeunant. Je n'ai guère prêté attention. Attendez. J'essaie de retrouver ses paroles. Ah ! oui :

» — *Tu te souviens de la jolie rousse aux beaux seins qui habitait la maison voisine ? Elle vient de faire un riche mariage. Pour la noce, ils ont loué toute une boîte de nuit.*

» Ma femme a dit son nom. C'est bien Armenieu. Elle a ajouté :

100

» — *Je suppose qu'elle ne viendra plus m'acheter des ventouses.*

Maigret avait pu la rencontrer dans le quartier, lui aussi, Mme Maigret faire son marché dans les mêmes boutiques qu'elle, car elle achetait presque toutes les victuailles rue du Chemin-Vert.

— Lucien m'a demandé s'il devait s'en occuper. Je lui ai répondu que tu préférerais sans doute garder l'affaire en main.

— Rien au sujet de Santoni ?

— Rien d'intéressant, sauf que ses amis ont été surpris qu'il se marie. Jusqu'ici, ses amours n'ont jamais duré longtemps.

C'était entre deux averses. Le soleil brillait, la pluie séchait. Maigret eut envie d'être dehors et il était sur le point de prendre son manteau et son chapeau quand le téléphone sonna.

— Allô ! Le commissaire Maigret écoute.

C'était Nice. Féret, là-bas, devait avoir du nouveau, car il était aussi excité que Janvier tout à l'heure.

— J'ai retrouvé la mère, patron ! Pour lui parler, j'ai été obligé d'aller à Monte-Carlo.

Il en est presque toujours ainsi. On piétine pendant des heures, des jours, certaines fois des semaines, puis tous les renseignements arrivent en même temps.

— Elle était au casino ?

— Elle y est encore. Elle m'a expliqué qu'elle ne peut quitter la roulette avant d'avoir récupéré sa mise et gagné sa matérielle.

— Elle s'y rend tous les jours ?

— Exactement comme d'autres vont au bureau.

Elle joue jusqu'à ce qu'elle ait gagné les quelques centaines de francs qu'il lui faut pour vivre. Après, elle part sans jamais insister.

Maigret connaissait le système.

— Quel temps fait-il, là-bas ?

— Superbe. C'est plein d'étrangers qui sont venus pour le Carnaval. Nous avons demain la bataille de fleurs et on est en train de dresser les estrades.

— Elle s'appelle Laboine ?

— Sa carte d'identité porte : Germaine Laboine, mais elle se fait appeler Liliane. Les croupiers la connaissent sous le nom de Lili. Elle a près de soixante ans, est très maquillée et couverte de bijoux faux. Vous voyez le genre ? J'ai eu toutes les peines du monde à l'arracher à la table de roulette où elle était installée en vieille habituée. Pour la décider, j'ai dû lui déclarer brutalement :

» — Votre fille est morte.

Maigret questionna :

— Elle ne l'avait pas appris par les journaux ?

— Elle ne lit pas les journaux. Ces gens-là ne se préoccupent que de la roulette. Chaque matin, ils achètent une petite feuille qui publie la liste des numéros sortis la veille et la nuit précédente. Ils sont un certain nombre qui prennent le même autobus, à Nice, et se précipitent vers les tables comme les vendeuses des grands magasins se précipitent vers leur comptoir.

— Quelle a été sa réaction ?

— C'est difficile à dire. Le rouge venait de sortir pour la cinquième fois et elle avait sa mise sur le noir. Elle a d'abord poussé quelques jetons sur le tapis. Ses lèvres ont remué, sans que j'entende ce qu'elle disait. Ce n'est que quand le noir est sorti enfin et qu'elle a eu ramassé son gain qu'elle s'est levée.

» — Comment est-ce arrivé ? m'a-t-elle demandé.

» — Vous ne voulez pas m'accompagner dehors ?

» — Je ne peux pas maintenant. Je dois surveiller la table. Rien ne nous empêche de parler ici. Où cela s'est-il passé ?

» — A Paris.

» — Elle est morte à l'hôpital ?

» — Elle a été tuée. On l'a trouvée morte dans la rue.

» — Un accident ?

» — Un meurtre.

» Elle a paru surprise, mais elle continuait, de loin, à écouter la voix du croupier qui annonçait les coups. A certain moment, elle m'a interrompu :

» — Vous permettez ?

» Elle est allée poser des jetons sur une case. Je me suis demandé si elle se droguait. Toute réflexion faite, je ne le pense pas. Elle en est au point où elle n'est plus qu'une sorte de mécanique, vous comprenez ?

Maigret dit oui. Il en avait vu d'autres comme elle.

— Cela a été long de lui soutirer quelques renseignements. Elle répétait :

» — Pourquoi n'attendez-vous pas ce soir, quand je rentrerai à Nice ? Je vous dirai tout ce que vous voudrez. Il n'y a rien à cacher.

» Vous m'écoutez, patron ? Remarquez qu'elle n'avait pas tout à fait tort en prétendant qu'il lui était impossible de quitter le casino. C'est presque un métier qu'exercent ces gens-là. Ils ont un certain capital, de quoi doubler leur mise un certain nombre de fois. Tant qu'ils sont capables de la doubler et que leur couleur finit par sortir, ils ne risquent rien. Ils doivent donc se contenter d'un petit gain, juste de quoi vivre et prendre leur autobus chaque jour. La direction du casino les connaît. On compte quelques hommes parmi leur troupe, mais surtout des femmes d'un certain âge. Lorsqu'il y a beaucoup de monde et que toutes les tables sont occupées, on se débarrasse d'elles en leur donnant ce qu'elles finiraient par gagner au bout de quelques heures...

— Elle vit seule ?

— Oui. Je dois aller la voir chez elle quand elle rentrera. Elle occupe une chambre meublée rue Greuze, près du boulevard Victor-Hugo. Ses robes datent de dix ans et plus, comme ses chapeaux. Je lui ai demandé si elle a été mariée et elle m'a répondu :

» — Cela dépend de ce que vous appelez mariée.

» Elle m'a appris qu'elle a été artiste et que, pendant des années, sous le nom de Lili France, elle a fait des tournées dans l'Est et en Asie Mineure. Je suppose que vous connaissez ça aussi ?

Des agences, à Paris, se chargeaient jadis de recruter ces artistes-là. Il s'agissait de leur apprendre quelques pas de danse, ou quelques chansons. On les envoyait ensuite en Turquie, en Egypte, à Beyrouth, où elles jouaient le rôle d'entraîneuses dans les cabarets.

— C'est là que sa fille est née ?

— Non. Elle est née en France, alors que la mère avait presque quarante ans.

— A Nice ?

— Autant que j'ai pu comprendre. Il n'est pas facile de questionner quelqu'un qui a les yeux fixés sur la petite boule de la roulette et dont les doigts se crispent chaque fois que cette boule s'arrête. A la fin, elle a été catégorique :

» — Je n'ai rien fait de mal, n'est-ce pas ? Alors, laissez-moi tranquille. Du moment que je vous promets de répondre, ce soir, à vos questions...

— C'est tout ce que tu as appris ?

— Non. La petite est partie, il y a quatre ans, en laissant une lettre par laquelle elle annonçait qu'elle ne reviendrait pas.

— Elle avait donc à peu près seize ans ?

— Seize ans exactement. Elle est partie le jour de son anniversaire et n'a jamais donné de ses nouvelles à sa mère.

— Celle-ci n'a pas averti la police ?

— Non. Je crois qu'elle n'était pas fâchée d'en être débarrassée.

— Elle n'a jamais su ce qu'elle était devenue ?

— Elle a reçu une lettre, quelques mois plus tard, d'une certaine Mlle Poré, qui habite rue du Chemin-Vert, lui disant qu'elle ferait mieux de surveiller sa fille et, de préférence, de ne pas la laisser seule à Paris. Je ne connais pas le numéro de Mlle Poré. Mme Laboine m'a promis de me le donner ce soir.

— Je sais où la trouver.

— Vous êtes au courant ?

— Plus ou moins.

Maigret jeta un coup d'œil à Priollet qui écoutait. Le même renseignement, maintenant, arrivait de plusieurs côtés à la fois.

— A quelle heure as-tu rendez-vous avec elle ?

— Dès qu'elle rentrera à Nice. Cela peut être aussi bien à sept heures du soir qu'à minuit. Cela dépend de la roulette.

— Appelle-moi boulevard Richard-Lenoir.

— Entendu, patron.

Maigret raccrocha.

— D'après ce que Féret me téléphone de Nice, dit-il, la personne chez qui Jeanine Armenieu habitait, rue du Chemin-Vert, est une demoiselle Poré. Et celle-ci connaissait Louise Laboine.

— Tu vas là-bas ?

Maigret ouvrit la porte.

— Tu m'accompagnes, Janvier ?

Quelques instants plus tard, ils prenaient la voiture. Rue du Chemin-Vert, ils s'arrêtaient devant l'herboristerie et trouvaient la femme de Lucien derrière le comptoir, dans une boutique sombre qui sentait bon les herbes de la Saint-Jean.

— Qu'est-ce que je peux faire pour vous, monsieur Maigret ?

— Il paraît que vous connaissez Jeanine Armenieu ?

— Mon mari vous l'a dit ? Je lui en parlais justement ce midi, à cause du mariage dont j'ai lu le compte rendu dans le journal. C'est une rudement belle fille.

— Il y a longtemps que vous l'avez vue ?

— Au moins trois ans. Attendez. C'était avant que mon mari reçoive son augmentation. Cela fait près de trois ans et demi. Elle était toute jeune, mais déjà formée, déjà très femme, et tous les hommes se retournaient sur elle dans la rue.

— Elle habitait la maison voisine ?

— Chez Mlle Poré, une bonne cliente, qui travaille au téléphone. Mlle Poré est sa tante. Je crois qu'à la fin elles ne s'entendaient pas et que la jeune fille a décidé de vivre seule.

— Vous croyez qu'elle est chez elle ?

— Si je ne me trompe pas, cette semaine elle commence à six heures du matin et finit à trois heures. Il y a des chances pour que vous la trouviez.

Maigret et Janvier pénétraient un peu plus tard dans l'immeuble voisin.

— Mlle Poré ? demandaient-ils à la concierge.

— Second étage à gauche. Il y a déjà quelqu'un.

La maison n'avait pas d'ascenseur. L'escalier était sombre. Au lieu d'un bouton de sonnerie, c'était un cordon en passementerie qui pendait et qui, à l'intérieur, agitait une sonnette au son grêle.

La porte s'ouvrit tout de suite. Une personne maigre, aux traits pointus, aux petits yeux noirs, les regarda sévèrement.

— Qu'est-ce que vous voulez ?

Au moment où Maigret allait répondre, il apercevait, à l'intérieur, dans la pénombre, le visage de l'inspecteur Lognon.

— Je vous demande pardon, Lognon. Je ne savais pas vous trouver ici.

Le Malgracieux le regardait, résigné. Mlle Poré murmurait :

— Vous vous connaissez ?

Elle se décidait à les laisser entrer. Le logement, très propre, sentait la cuisine. Ils étaient quatre, maintenant, dans une petite salle à manger, à ne pas savoir comment se tenir.

— Il y a longtemps que vous êtes arrivé, Lognon ?

— A peine cinq minutes.

Ce n'était pas le moment de lui demander comment il avait découvert l'adresse.

— Vous avez déjà appris quelque chose ?

Ce fut Mlle Poré qui répondit :

— J'ai commencé à lui dire ce que je savais, et je n'ai pas fini. Si je ne suis pas allée trouver la police quand j'ai vu la photographie dans le journal, c'est que je n'étais pas sûre de la reconnaître. En trois ans et demi, les gens peuvent changer, surtout à cet âge-là. Enfin, je n'aime pas me mêler de ce qui ne me regarde pas.

— Jeanine Armenieu est votre nièce, n'est-ce pas ?

— Ce n'est pas d'elle que je parlais, mais de son amie. Quant à Jeanine, c'est la fille de mon demi-frère, en effet, et je ne le félicite pas pour la façon dont il l'a élevée.

— Elle est du Midi ?

— Si vous appelez Lyon le Midi. Mon pauvre frère travaille dans une filature et, depuis qu'il a perdu sa femme, n'est plus le même homme.

— Quand sa femme est-elle morte ?

— L'an dernier.

— Il y a quatre ans que Jeanine Armenieu est venue vivre à Paris ?

— A peu près quatre ans, oui. Lyon n'était plus assez bon pour elle. Elle avait dix-sept ans et voulait vivre sa vie. Il paraît qu'elles sont toutes comme ça aujourd'hui. Mon frère m'a écrit pour m'annoncer qu'il était incapable de retenir sa fille, qu'elle avait décidé de partir, et il m'a demandé si j'acceptais de la loger. Je lui ai répondu que oui et que même je pourrais peut-être lui trouver une place.

Elle parlait en articulant toutes les syllabes, comme si ce qu'elle disait était d'une importance capitale. Les regardant tour à tour, elle questionnait soudain :

— Comment se fait-il, puisque vous êtes tous de la police, que vous soyez venus séparément ?

Que répondre ? Lognon baissait la tête. Maigret disait :

— Nous appartenons à des services différents.

Histoire de mettre les pieds dans le plat, elle prononçait en regardant l'imposante silhouette de Maigret :

— Je suppose que c'est vous le plus important ? Quel est votre grade ?

— Commissaire.

— Vous êtes le commissaire Maigret ?

Et, comme il faisait oui de la tête, elle lui avançait une chaise.

— Asseyez-vous. Je vais tout vous raconter. Où en étais-je ? Ah ! oui, à la lettre de mon demi-frère. Je peux la retrouver si vous voulez, car je conserve toutes les lettres que je reçois, y compris celles de la famille.

— Ce n'est pas indispensable. Merci.

— Comme vous voudrez. Bref, j'ai donc reçu cette lettre, j'y ai répondu et, un matin, vers sept heures et demie, ma nièce est arrivée. Rien que ce détail vous donne une idée de sa mentalité. Il y a d'excellents trains de jour, mais elle a tenu à prendre un train de nuit. Parce que cela fait plus romantique, vous comprenez ? Heureusement, c'était une semaine où je faisais partie de la deuxième équipe. Passons. Je ne dis rien de la façon dont elle était habillée, ni de sa coiffure. Mais je lui en ai touché deux mots, à elle, sans lui cacher que si elle ne tenait pas à se faire montrer du doigt dans le quartier, elle ferait mieux de changer de genre.

» Le logement, que j'occupe depuis vingt-deux ans, n'est pas grand, ni luxueux, mais j'ai quand même deux chambres à coucher. J'en ai mis une à la disposition de Jeanine. Pendant une semaine, je suis sortie avec elle afin de lui montrer Paris.

— Quelles étaient ses intentions ?

— Vous me le demandez ? Trouver un homme riche, voilà son intention. Si j'en crois le journal, elle est arrivée à ses fins. Seulement, je ne voudrais pas passer par où elle a passé.

— Elle a trouvé une place ?

— Comme vendeuse, dans un magasin des Grands Boulevards. Une maroquinerie, près de la place de l'Opéra.

— Elle y est restée longtemps ?

Elle tenait à raconter l'histoire à sa manière et ne le lui cacha pas.

— Si vous me questionnez tout le temps, vous

allez me faire perdre le fil de mes idées. Je vous dirai tout, n'ayez pas peur. Donc, nous vivions ici toutes les deux. Plus exactement, je m'imaginais que nous vivions ici toutes les deux. Une semaine sur deux je suis libre le matin et l'autre semaine après trois heures de l'après-midi. Des mois ont passé. C'était en hiver. Cet hiver-là a été très froid. Je continuais à faire mon marché dans le quartier comme j'en ai toujours eu l'habitude. Et c'est à cause de la nourriture que j'ai commencé à avoir des soupçons, surtout à cause du beurre, qui disparaissait à une vitesse inhabituelle. Le pain aussi. Parfois, je ne retrouvais pas dans le garde-manger le reste de viande ou de gâteau que j'étais sûre d'y avoir laissé.

» — C'est toi qui as mangé la côtelette ?

» — Oui, tante. J'ai eu une petite faim, la nuit dernière.

» J'abrège. J'ai mis du temps à comprendre. Savez-vous la vérité ? Pendant tout ce temps-là, à mon insu, il y avait une troisième personne dans mon appartement.

» Pas un homme, je vous rassure tout de suite. Une gamine. Celle-là dont on a publié la photo dans le journal et qu'on a retrouvée morte place Vintimille. Ce qui prouve, entre nous soit dit, que j'avais raison de m'inquiéter, car ce sont des choses qui n'arrivent pas à des gens comme vous et moi.

Elle n'avait jamais besoin de reprendre son souffle. Elle restait debout, le dos à la fenêtre, les mains jointes sur son ventre plat, et les mots succédaient aux mots, les phrases suivaient les phrases en une sorte de chapelet.

— J'ai presque fini, n'ayez pas peur. Je ne veux pas abuser de votre temps, car je suppose que vous êtes un homme très occupé.

Elle ne s'adressait qu'à Maigret, et Lognon ne jouait plus à ses yeux qu'un rôle de figurant.

— Un matin que je faisais le ménage, j'ai laissé tomber une bobine de fil qui a roulé sous le lit de Jeanine et je me suis baissée pour la ramasser. Je vous avoue que j'ai poussé un cri et je me demande ce que vous auriez fait à ma place. Il y avait quelqu'un sous le lit, quelqu'un qui me regardait avec des yeux de chat.

» Encore heureux que c'était une femme. Cela me faisait moins peur. Je suis allée chercher le tisonnier, à tout hasard, j'ai dit :

» — Sortez de là !

» Elle n'avait même pas l'âge de Jeanine, à peine plus de seize ans. Mais si vous croyez qu'elle a pleuré, qu'elle m'a demandé pardon, vous vous trompez. Elle me fixait toujours comme si, des deux, c'était moi qui étais une sorte de monstre.

» — Qui vous a introduite dans la maison ?

» — Je suis une amie de Jeanine.

» — Est-ce une raison pour vous cacher sous le lit ? Qu'est-ce que vous y faisiez, sous le lit ?

» — J'attendais que vous sortiez.

» — Pour quoi faire ?

» — Pour sortir à mon tour.

» Vous imaginez-vous ça, monsieur le commissaire ? Il y avait des semaines, des mois que cela durait. Elle était arrivée à Paris en même temps que ma nièce. Toutes les deux avaient lié connaissance dans le train. Elles voyageaient en troisième classe et, ne parvenant pas à dormir, elles ont passé la nuit à se raconter leurs petites histoires. La fille, qui s'appelait Louise, avait juste assez d'argent pour vivre pendant deux ou trois semaines.

» Elle a trouvé une place, à coller des timbres sur des enveloppes dans je ne sais quel bureau, mais il paraît que son chef n'a pas tardé à lui adresser des propositions et elle lui a flanqué une gifle.

» Ça, c'est ce qu'elle m'a dit, mais ce n'est pas nécessairement la vérité.

» Quand elle a été sans argent et qu'on l'a mise à la porte du meublé où elle couchait, elle est allée trouver Jeanine et celle-ci lui a offert, pour quelques nuits, le temps de trouver un autre emploi, de dormir ici.

» Jeanine n'a pas osé m'en parler. Elle introduisait son amie dans l'appartement en mon absence et, jusqu'à ce que je sois endormie, la Louise se cachait sous le lit de ma nièce.

» Les semaines où je faisais partie de la deuxième équipe, elle devait rester sous le lit jusqu'à deux heures et demie, étant donné que je prends mon travail à trois heures.

Maigret, depuis le début, s'efforçait de ne pas sourire, car la tante ne le quittait pas des yeux et n'aurait pas apprécié la moindre manifestation d'ironie.

— Bref... répéta-t-elle.

C'était au moins la troisième fois qu'elle répétait ce mot-là et Maigret ne put s'empêcher de regarder sa montre.

— Si je vous ennuie...

— Pas du tout.

— Vous avez un rendez-vous ?

— J'ai encore le temps.

— Je finis. Je tiens seulement à vous faire remarquer que, pendant des mois, tout ce que j'ai dit a été entendu par une tierce personne, par une aventurière que je ne connaissais même pas et qui épiait mes allées et venues. Je vivais ma petite vie de tous les jours, me croyant chez moi, sans me douter...

— Vous avez écrit à sa mère ?

— Comment le savez-vous ? Elle vous l'a dit ?

Lognon avait une mine désabusée. Il avait découvert la piste Poré, ce qui lui avait coûté probablement de longues et harassantes marches à travers Paris. Combien d'averses avait-il reçues sur les épaules, sans prendre la peine de se mettre à l'abri ?

Maigret, lui, n'avait pas eu besoin de quitter son bureau. Les renseignements lui venaient sans qu'il se dérange. Or, non seulement il arrivait sur la piste Poré presque en même temps que Lognon, mais il semblait en savoir davantage.

— Je n'ai pas écrit à sa mère tout de suite. D'abord, j'ai flanqué la fille dehors en lui recommandant de ne plus remettre les pieds ici. Je suppose que j'aurais pu la poursuivre ?

— Pour violation de domicile ?

— Et pour la nourriture qu'elle m'a volée pendant ces mois-là. Lorsque ma nièce est rentrée, je ne lui ai pas mâché ce que je pensais d'elle et de ses relations. Jeanine ne valait guère mieux, je m'en suis aperçue quand elle m'a quittée à son tour, quelques semaines plus tard, pour prendre une chambre d'hôtel. Mademoiselle avait besoin d'être libre, vous comprenez ? Afin de recevoir des hommes !

— Vous êtes sûre qu'elle en recevait ?

— Pourquoi aurait-elle éprouvé le besoin d'aller vivre en meublé alors qu'elle avait ici le gîte et le couvert ? Je l'ai questionnée sur son amie. J'ai obtenu le nom et l'adresse de sa mère. J'ai hésité pendant près d'une semaine, puis j'ai écrit une lettre dont j'ai conservé la copie. J'ignore si elle a fait son effet. Celle-là ne pourra pas prétendre que je ne l'ai pas mise en garde ! Vous voulez voir ?

— Ce n'est pas nécessaire. Vous êtes restée en rapport avec votre nièce après qu'elle vous a quittée ?

— Elle n'est seulement jamais venue me dire bonjour et n'a jamais pensé, au Nouvel An, à m'envoyer ses vœux. Je suppose que toute la nouvelle génération est comme ça. Le peu que je sais d'elle, je l'ai appris par mon frère, qui n'y voit que du feu. Elle a l'art de l'embobeliner. Elle lui écrit de temps en temps, lui raconte qu'elle travaille, que sa santé est bonne, promet chaque fois d'aller bientôt le voir.

— Elle n'est jamais retournée à Lyon ?

— Une fois, pour Noël.

— Elle n'a ni frère, ni sœur ?

— Elle a eu un frère, qui est mort dans un sanatorium. Bref...

Maigret commençait à les compter, machinalement.

— Elle est majeure. Je suppose qu'elle a averti mon frère de son mariage. Il ne m'en a rien dit. C'est par le journal que j'ai appris la nouvelle. Le plus curieux, c'est que son amie ait justement été tuée la nuit de ses noces, vous ne trouvez pas ?

— Elles se voyaient toujours ?

— Comment le saurais-je ? Si vous me demandez mon opinion cependant, une fille comme Louise n'a pas lâché facilement son amie. Ces gens-là, qui vivent au crochet des autres et se cachent sous les lits, ne se laissent rebuter par rien. Et ce Santoni est réellement un homme riche...

— Vous n'avez donc pas vu votre nièce pendant trois ans ?

— Un peu plus de trois ans. Une fois, l'année dernière, vers le mois de juillet, je l'ai aperçue dans un train. C'était à la gare Saint-Lazare. Je me rendais à Mantes-la-Jolie pour la journée. Il faisait très chaud. J'avais congé et j'avais faim de campagne. Un train se trouvait sur la voie à côté de la nôtre, un rapide de luxe, et on m'a dit qu'il allait à Deauville. Au moment où nous commencions à rouler, j'ai aperçu Jeanine dans un compartiment. Elle m'a désignée du doigt à la personne qui était près d'elle et, au dernier moment, m'a adressé un petit signe ironique.

— Elle était avec une femme ?

— Je n'ai pas pu voir. J'ai eu l'impression qu'elle était bien habillée et ce train-là n'avait que des premières classes.

Janvier, comme d'habitude, avait pris des notes, pas beaucoup, car ce bavardage pouvait se résumer en quelques mots.

— Quand votre nièce vivait ici, vous n'étiez pas au courant de ses fréquentations ?

— A l'entendre, elle ne fréquentait personne. Il

116

est difficile de faire confiance à une jeune fille qui cache des gens sous son lit.

— Je vous remercie, mademoiselle.

— C'est tout ce que vous désirez savoir ?

— A moins que vous ayez d'autres renseignements ?

— Je ne vois pas. Non. Si un souvenir me revenait...

Elle les voyait à regret se diriger vers la porte. Elle aurait bien voulu avoir encore quelque chose à dire. Lognon laissait passer Maigret et Janvier, s'engageait le dernier dans l'escalier.

Sur le trottoir, le commissaire ne savait trop que lui dire.

— Je vous demande pardon, vieux. Si j'avais su que vous étiez là...

— Cela n'a pas d'importance.

— Vous avez fait du bon travail. Il est probable que, maintenant, les choses iront vite.

— Cela signifie que vous n'avez plus besoin de moi ?

— Je n'ai pas dit ça...

La femme de Lucien les observait à travers les vitres de l'herboristerie.

— Pour le moment, je n'ai rien de spécial à vous faire faire. Peut-être est-il temps que vous vous reposiez et que vous soigniez votre bronchite.

— Ce n'est qu'un rhume. Je vous remercie quand même.

— Je vous dépose quelque part ?

— Non. Je prendrai le métro.

Il tenait à marquer la différence entre ceux qui s'en allaient en voiture et lui qui se dirigeait vers le métro où, comme il était six heures, il allait se trouver coincé dans la foule.

— Mes félicitations. Si vous apprenez du nouveau, téléphonez-moi. De mon côté, je vous tiendrai au courant.

Quand il se retrouva seul dans l'auto avec Janvier, Maigret soupira :

— Pauvre Lognon ! J'aurais donné gros pour arriver après son départ.

— Vous rentrez au Quai ?

— Non. Dépose-moi chez moi.

C'était à deux pas. Ils n'avaient pas le temps de commenter ce qu'ils venaient d'apprendre. Tous les deux, sans doute, pensaient à la gamine de seize ans qui s'était enfuie de chez sa mère et qui, pendant des mois, avait dû, chaque jour, se cacher sous un lit.

La veuve Crêmieux avait dit d'elle que c'était une orgueilleuse qui ne daignait parler à personne. Rose, la bonne des Larcher, l'avait vue passer des heures, toute seule, sur un banc du square de la Trinité. Toute seule aussi elle avait pénétré, par deux fois, dans la boutique de Mlle Irène. Toute seule elle était allée au *Roméo* et, toute seule, enfin, elle en était sortie, refusant l'offre d'un chauffeur de taxi qui l'avait vue plus tard traverser la place Saint-Augustin sous la pluie, puis atteindre le faubourg Saint-Honoré.

Après cela, il n'y avait plus rien, qu'un corps étendu sur le pavé mouillé de la place Vintimille.

Elle n'avait plus ni la cape de velours ni le sac à main argenté qu'elle avait empruntés et il lui manquait un de ses souliers à hauts talons.

118

— A demain, patron.

— A demain, mon petit Janvier.

— Pas d'instructions ?

Il était impossible d'interroger Jeanine Armenieu, devenue Mme Santoni, qui passait sa lune de miel à Florence.

— J'attends ce soir un coup de téléphone de Nice.

Il restait encore beaucoup de blancs à remplir.

Et il y avait quelque part quelqu'un qui avait tué la jeune fille et l'avait transportée ensuite place Vintimille.

6

Où il est parlé d'un drôle de père
et des scrupules de Maigret

Pendant le dîner, Mme Maigret parla de la fille
de leur voisine de palier qui, ce jour-là, était allée
chez le dentiste pour la première fois et qui avait
dit... Qu'avait-elle dit, au fait ? Maigret ne se rendait pas compte qu'il n'écoutait que d'une oreille
distraite, regardait sa femme dont la voix coulait
comme une musique agréable et elle s'interrompait
pour lui demander :

— Tu ne ris pas ?

— Tu as raison, c'est très drôle.

Il avait eu une absence. Cela lui arrivait. Dans
ces cas-là, il regardait les gens avec de gros yeux
un peu trop fixes et ceux qui ne le connaissaient
pas ne pouvaient pas savoir que, pour ces yeux-là,
ils n'étaient qu'une sorte de mur ou de toile de fond.

Mme Maigret n'insista pas, alla faire la vaisselle
pendant qu'il s'installait dans son fauteuil et

déployait son journal. La vaisselle finie, il n'y eut aucun bruit dans l'appartement, sinon par instants celui du papier qu'on froissait en tournant la page, et par deux fois on entendit la pluie tomber dehors.

Vers dix heures, quand elle le vit replier le journal avec soin, elle espéra un moment qu'ils allaient se coucher, mais son mari choisit un magazine dans la pile et se remit à lire. Alors, de son côté, elle continua de coudre, prononçant de temps en temps une phrase sans importance pour meubler le silence. Peu importait qu'il réponde ou non, ou qu'il se contente de pousser un grognement : cela faisait plus intime.

Les gens de l'étage au-dessus avaient éteint leur radio et s'étaient mis au lit.

— Tu attends quelque chose ?

— Peut-être un coup de téléphone.

Féret lui avait promis qu'il irait à nouveau questionner la mère de Louise dès qu'elle rentrerait de Monte-Carlo. Il était possible que Féret soit retardé par un autre travail. A la veille de la bataille de fleurs, ils devaient être occupés, là-bas.

Plus tard, Mme Maigret eut conscience que son mari oubliait de tourner la page. Il avait encore les yeux ouverts. Elle attendit longtemps avant de suggérer :

— Si nous nous couchions quand même ?

Il était passé onze heures. Maigret ne protesta pas, emporta le téléphone qu'il alla brancher dans la chambre à coucher et qu'il posa sur sa table de nuit.

Ils se déshabillèrent, passèrent l'un après l'autre dans la salle de bains, accomplirent les menus rites quotidiens. Une fois couché, Maigret éteignit la lumière, se tourna vers sa femme pour l'embrasser.

— Bonne nuit.

— Bonne nuit. Essaie de t'endormir.

Il pensait toujours à Louise Laboine et aux autres personnages qui avaient surgi les uns après les autres, sortant de l'anonymat pour lui faire une sorte de cortège. La seule différence avec tout à l'heure, c'est que ces personnages devenaient flous et grotesques, qu'à la fin ils s'embrouillaient, jouant un rôle qui n'était pas le leur.

Plus tard encore, Maigret se crut en train de jouer aux échecs, mais il était si fatigué, la partie durait depuis si longtemps, qu'il ne reconnaissait plus les figures, prenait la reine pour le roi, les fous pour les cavaliers et ne savait plus où il avait placé ses tours. C'était angoissant, car le chef l'observait. La partie était capitale pour le Quai des Orfèvres. Son partenaire, en effet, n'était autre que Lognon, qui avait un sourire sarcastique et qui attendait, sûr de lui, l'occasion de mettre Maigret échec et mat.

Il ne fallait pas que ça arrive. Le prestige du Quai était en jeu. C'est pourquoi ils étaient tous derrière lui à le guetter, Lucas, Janvier, le petit Lapointe, Torrence, d'autres encore qu'il ne distinguait pas.

— Vous avez soufflé ! disait Lognon à quelqu'un qui se tenait près de l'épaule du commissaire. Mais cela ne fait rien.

Il était tout seul, lui. Il n'y avait personne pour l'aider. S'il gagnait, qu'est-ce que les gens allaient dire ?

— Soufflez tant que vous voudrez. Tout ce que je demande, c'est qu'on ne triche pas.

Pourquoi pensait-il que Maigret avait eu l'intention de tricher ? Est-ce que c'était son habitude ? Avait-il jamais triché de sa vie ?

Qu'il retrouve seulement sa reine, qui était la clef de la partie, et il en sortirait. Le mieux était d'examiner à nouveau les cases une à une. Sa reine ne pouvait pas être perdue.

La sonnerie du téléphone retentit. Il tendit le bras, fut un moment avant de trouver le commutateur électrique.

— On vous parle de Nice.

Le réveil marquait une heure dix minutes.

— C'est vous, patron ?

— Un instant, Féret.

— J'ai peut-être eu tort de vous réveiller ?

— Non. Tu as bien fait.

Il but une gorgée d'eau. Puis, comme sa pipe se trouvait, avec encore du tabac dedans, sur la table de nuit, il l'alluma.

— Bon ! Maintenant, tu peux y aller.

— Je ne savais que faire. Comme je ne connais de l'affaire que ce que les journaux en ont dit, il m'est difficile de juger de ce qui est important et de ce qui ne l'est pas.

— Tu as vu la femme Laboine ?

— Je la quitte. Elle n'est rentrée de Monte-Carlo qu'à onze heures et demie. Je suis allé chez elle. Elle vit dans une espèce de pension où, apparemment, il n'y a guère que de vieilles folles comme elle. Le curieux, c'est que ce sont presque toutes d'anciennes actrices. Il y a aussi une ex-écuyère de cirque et la patronne, à l'en croire, a chanté jadis à l'Opéra. C'est difficile de vous expliquer ce qu'on ressent là-dedans. Personne n'était couché. Le soir, celles qui ne sont pas au casino jouent aux cartes dans un salon où tout semble dater d'un siècle. On a un peu l'impression d'être au musée Grévin. Je vous ennuie !

— Non.

— Si je vous dis tout ça, c'est que je sais que vous aimez vous rendre compte par vous-même. Comme vous n'avez pas pu venir...

— Continue.

— D'abord, je sais maintenant d'où elle sort. Son père était instituteur dans un village de la Haute-Loire. Elle est partie pour Paris, à dix-huit ans, et a été pendant deux ans figurante au Châtelet. A la fin, on lui confiait quelques pas de danse dans *le Tour du monde en 80 jours* ou dans *Michel Strogoff*. Elle est passée ensuite aux Folies-Bergère. Enfin, elle a fait une première tournée, avec une troupe, en Amérique du Sud, où elle est restée plusieurs années. Il est impossible d'obtenir d'elle des dates exactes, car elle s'embrouille sans cesse.

» Vous écoutez ? Je me suis encore une fois demandé si elle se droguait. A mieux l'observer, j'ai compris que ce n'était pas ça. Au fond, elle n'est pas intelligente, et peut-être même n'est-elle pas tout à fait comme une autre.

— Elle ne s'est jamais mariée ?

— J'y arrive. Elle avait une trentaine d'années quand elle a commencé à faire les cabarets de l'Est. C'était avant la guerre. Elle a traîné à Bucarest, à Sofia, à Alexandrie. Elle est restée plusieurs années au Caire et il semble qu'elle soit allée jusqu'en Ethiopie.

» J'ai dû lui tirer ces renseignements les uns après les autres. Elle était affalée dans un fauteuil, à caresser ses jambes enflées et, à un certain moment, elle m'a demandé la permission de retirer son corset. Bref...

Le mot rappela à Maigret Mlle Poré, la tante de Jeanine Armenieu, et son interminable monologue.

Mme Maigret, un œil ouvert, l'observait.

— C'est à Istanbul, alors qu'elle avait trente-huit ans, qu'elle a rencontré un certain Van Cram.

— Quel nom as-tu dit ?

— Julius Van Cram, un Hollandais, apparemment. D'après elle, il avait l'air d'un vrai gentleman et il vivait au *Pera-Palace*.

Maigret avait froncé les sourcils, s'efforçait de retrouver ce que ce nom-là lui rappelait. Il était sûr que ce n'était pas la première fois qu'il l'entendait.

— Tu sais l'âge de Van Cram ?

— Il était beaucoup plus âgé qu'elle. Il devait avoir passé la cinquantaine à l'époque, ce qui signifie qu'il aurait maintenant non loin de soixante-dix ans.

— Il est mort ?

— Je l'ignore. Attendez ! J'essaie de vous raconter les choses dans l'ordre afin de ne rien oublier. Elle m'a montré une photo d'elle à cette époque-là et j'admets que c'était encore une belle femme, déjà mûre, mais d'une maturité agréable.

— Que faisait Van Cram ?

— Elle ne paraît pas s'en être préoccupée. Il parlait couramment plusieurs langues, en particulier l'anglais et le français. L'allemand aussi. Il fréquentait les soirées des ambassades.

126

» Il serait tombé amoureux d'elle et ils ont vécu ensemble pendant un certain temps.

— Au *Pera-Palace* ?

— Non. Il lui avait loué un appartement non loin de l'hôtel. Ne m'en veuillez pas, patron, si je ne suis pas plus précis. Si vous saviez le mal que j'ai eu à lui soutirer ces renseignements-là ! A chaque instant, elle s'interrompait pour me parler d'une femme qu'elle avait connue dans tel ou tel cabaret et pour me raconter son histoire, après quoi, elle se mettait à geindre en disant :

» — Je sais que vous me prenez pour une mauvaise mère...

» Elle a fini par m'offrir un petit verre de liqueur. Si elle ne se drogue pas, elle doit tâter de la bouteille.

» — Jamais avant d'aller au casino ! m'a-t-elle déclaré. Je ne bois pas quand je joue non plus. Un petit verre après, pour combattre la tension nerveuse.

» Elle m'a expliqué que, de toutes les activités humaines, le jeu est la plus épuisante.

» Je reviens à Van Cram. Après quelques mois, elle s'est aperçue qu'elle était enceinte. C'était la première fois que cela lui arrivait. Elle ne pouvait pas y croire.

» Elle en a parlé à son amant, se figurant que celui-ci allait lui conseiller de se débarrasser de l'enfant.

— Elle y était prête ?

— Elle ne sait pas. Elle en parle comme d'une mauvaise farce que le sort lui a jouée.

» — *J'aurais dû être enceinte cent mille fois*

auparavant, et c'est quand j'ai eu trente-huit ans passés que ça m'est arrivé !

» Ce sont ses paroles. Van Cram n'a pas bronché. Après quelques semaines, il lui a proposé de l'épouser.

— Où se sont-ils mariés ?

— A Istanbul. C'est justement ce qui complique la situation. Je crois qu'elle était vraiment amoureuse de lui. Il l'a conduite dans un bureau, elle ne sait pas où au juste, où elle a signé des papiers et prêté serment. Du moment qu'il lui affirmait qu'elle était mariée, elle le croyait.

» Quelques jours plus tard, il lui offrait de venir s'installer en France.

— Ensemble ?

— Oui. Ils ont pris un bateau italien pour Marseille.

— Elle avait un passeport au nom de Van Cram ?

— Non. Je lui ai posé la question. Ils n'avaient pas eu, paraît-il, le temps de faire changer son passeport. Ils ont vécu deux semaines à Marseille, d'où ils sont passés à Nice. C'est ici que l'enfant est née...

— Ils vivaient à l'hôtel ?

— Ils avaient loué un appartement assez confortable non loin de la Promenade des Anglais. Deux mois plus tard, Van Cram, qui était sorti pour acheter des cigarettes, n'est pas rentré et elle ne l'a jamais revu.

— Elle n'a pas reçu de ses nouvelles ?

— Il lui a écrit plusieurs fois, d'un peu partout, de Londres, de Copenhague, de Hambourg, de

New-York et, chaque fois, il lui envoyait une somme d'argent.

— Une somme importante ?

— Certaines fois, oui. D'autres fois, ce n'était presque rien. Il lui demandait de lui donner de ses nouvelles et surtout de celles de leur fille.

— Elle l'a fait ?

— Oui.

— A la poste restante, je suppose ?

— Oui. C'est depuis ce temps-là qu'elle joue. Sa fille a grandi, est allée à l'école.

— Elle n'a jamais vu son père ?

— Elle avait deux mois quand il est parti et il n'est pas revenu en France depuis, tout au moins à la connaissance de sa femme. Le dernier mandat, il y a un an, était assez gros, mais elle a tout perdu en une nuit.

— Van Cram ne lui a jamais demandé où était sa fille ? Il sait qu'elle a quitté Nice pour Paris ?

— Oui. Seulement la mère ignorait l'adresse de la jeune fille.

— C'est tout, vieux ?

— A peu près. Je n'ai pas eu l'impression qu'elle était tout à fait sincère en prétendant ne rien savoir des moyens d'existence de son mari... Au fait, j'allais oublier le principal... Quand elle a dû faire renouveler sa carte d'identité, il y a quelques années, elle a eu l'intention de la faire établir au nom de Van Cram. On lui a demandé son certificat de mariage. Elle a montré la seule pièce en sa possession, qui est établie en turc. Ils l'ont examinée soigneusement, l'ont envoyée au consulat de Turquie. En fin de compte, on lui a déclaré que le papier était sans valeur et qu'elle n'était pas mariée le moins du monde.

— Elle en a été affectée ?

— Non. Rien ne peut l'affecter, sinon de voir le rouge sortir douze fois quand elle fait une martingale sur le noir. A l'écouter, on a l'impression d'être en présence d'une personne pas tout à fait réelle. Elle ne vit pas dans le même monde que nous. Quand je lui ai parlé de sa fille, elle n'a pas eu un instant d'émotion. Elle a dit simplement :

» — J'espère pour elle qu'elle n'a pas trop souffert...

— Je suppose que tu vas te coucher ?

— Hélas, non ! Il faut que je file à Juan-les-Pins, où ils viennent de pincer un tricheur au casino... Vous n'avez plus besoin de moi, patron ?

— Pas pour le moment. Un instant. T'a-t-elle montré une photographie de son ex-mari ?

— Je lui en ai demandé. Il paraît qu'elle n'en possédait qu'une, qu'elle lui avait prise à son insu, car il avait la phobie des photographes. Quand sa fille est partie pour Paris, elle a dû l'emporter, car la photo a disparu.

— Merci.

L'instant d'après, Maigret raccrochait et, au lieu de poser la tête sur l'oreiller et d'éteindre, il se levait pour aller bourrer une nouvelle pipe.

La veuve Crêmieux lui avait parlé d'un portrait que sa locataire gardait dans son portefeuille et il avait été trop préoccupé par la jeune fille elle-même pour y attacher de l'importance.

Il restait debout en pyjama, les pieds nus dans ses pantoufles. Sa femme évitait de le questionner.

Peut-être à cause de son rêve, il pensait à Lognon. Est-ce que, tout à l'heure, sans trop y attacher d'importance, il n'avait pas dit à celui-ci : « — *Je vous tiendrai au courant* » ?

Or, l'existence de Julius Van Cram pouvait changer le cours de l'enquête.

— Je lui téléphonerai demain matin, murmura-t-il à mi-voix.

— Tu dis ?

— Rien. Je parlais tout seul.

Il chercha le numéro de l'appartement du Malgracieux, place Constantin-Pecqueur. Comme cela, on ne pourrait lui faire aucun reproche.

— Allô !... Je pourrais parler à votre mari, s'il vous plaît ? Je m'excuse de vous avoir réveillée, mais...

— Je ne dormais pas. Je ne dors jamais plus d'une heure ou deux par nuit.

C'était Mme Lognon, à la fois acide et geignante.

— Le commissaire Maigret, à l'appareil.

— J'ai reconnu votre voix.

— J'aimerais dire quelques mots à votre mari.

— Je le croyais avec vous. En tout cas, il m'a dit que c'était pour vous qu'il était en train de travailler.

— A quelle heure est-il sorti ?

— Tout de suite après le dîner. Il a mangé en vitesse et est parti en m'annonçant qu'il ne rentrerait probablement pas de la nuit.

— Il ne vous a pas dit où il allait ?

— Il ne me le dit jamais.

— Je vous remercie.

— Ce n'est pas vrai qu'il travaille pour vous ?

— Mais si.

— Alors, comment se fait-il que vous ne sachiez pas...

— Je ne suis pas nécessairement au courant de ses moindres mouvements.

Elle n'était pas convaincue, le soupçonnait de mentir pour couvrir son mari et allait sans doute poser d'autres questions quand il raccrocha. Tout de suite, il appela le poste du 2e Quartier où un certain Ledent répondit.

— Lognon n'est pas là ?

— Il n'a pas mis les pieds au bureau de la nuit.

— Je te remercie. S'il venait, dis-lui de m'appeler chez moi.

— Entendu, monsieur Maigret.

Alors il eut une mauvaise pensée, à peu près comme dans son rêve. Cela l'inquiéta soudain de savoir Lognon dehors sans avoir aucune indication sur ce qu'il était en train de faire. Il n'y avait plus à enquêter dans les boîtes de nuit, ni à questionner les chauffeurs. Apparemment, le *Roméo* ne pouvait plus rien donner.

Or, Lognon passait la nuit en chasse. Fallait-il croire qu'il avait découvert une piste ?

Maigret n'était pas jaloux de ses collègues, encore moins de ses inspecteurs. Quand une affaire arrivait à bonne fin, c'était presque toujours à eux qu'il en donnait le mérite. Il était rare qu'il fasse des déclarations à la presse. L'après-midi, encore, c'était Lucas qu'il avait chargé de recevoir les journalistes accrédités au Quai.

Dans le cas présent, pourtant, il eut un mouvement d'humeur. Car c'était vrai que, comme dans la partie d'échecs de son rêve, Lognon était seul tandis que Maigret avait pour lui l'organisation entière de la P.J. sans compter l'aide des brigades mobiles et de toute la machine policière.

Il rougit de la pensée qu'il venait d'avoir, n'en fut pas moins tenté de s'habiller et de gagner le Quai des Orfèvres. Il avait du travail là-bas, maintenant qu'il savait de qui était la photographie que Louise Laboine avait chipée à sa mère et qu'elle avait précieusement conservée.

Sa femme le vit passer dans la salle à manger, ouvrir le buffet, se verser un petit verre de prunelle.

— Tu ne te recouches pas ?

Logiquement, il devait partir et son instinct l'y poussait. S'il ne le fit pas, ce fut pour donner à Lognon sa chance, pour se punir lui-même d'avoir eu une mauvaise pensée.

— Cette affaire paraît te tracasser ?

— Elle est assez compliquée.

C'était curieux, d'ailleurs. Car, jusqu'ici, ce n'était pas à l'assassin qu'il avait pensé, mais à la victime, c'était sur celle-ci seule que l'enquête avait porté. Maintenant enfin qu'on la connaissait un peu mieux, il allait être possible de se demander qui l'avait tuée.

Qu'est-ce que Lognon pouvait bien faire ? Il alla regarder à la fenêtre. La lune était pleine, le ciel serein. Il ne pleuvait plus. Les toits luisaient.

Il vida sa pipe, se coucha lourdement, embrassa sa femme :

— Eveille-moi à l'heure habituelle.

Cette fois, son sommeil fut sans rêve. Quand il but son café, assis dans son lit, il y avait du soleil.

Lognon ne lui avait pas téléphoné, ce qui semblait signifier qu'il n'était pas passé par son bureau et qu'il n'était pas non plus rentré chez lui.

Quai des Orfèvres, il assista au rapport sans prendre part à la conversation et, dès que ce fut terminé, il grimpa aux Sommiers. Là, sur des kilomètres de rayonnages, s'alignaient les dossiers de tous ceux qui ont eu des démêlés avec la justice. L'employé portait une blouse grise qui le faisait ressembler à un magasinier, et l'air sentait le vieux papier comme dans une bibliothèque publique.

— Veux-tu voir si tu as quelque chose au nom de Van Cram, Julius Van Cram ?

— C'est récent ?

— Cela peut dater de vingt ans et plus.

— Vous attendez ?

Maigret s'assit. Dix minutes plus tard, le préposé lui apportait un dossier au nom de Van Cram, mais il s'agissait d'un Joseph Van Cram, employé d'assurances à Paris, rue de Grenelle, qui avait été condamné deux ans plus tôt pour faux et usage de faux et qui n'avait que vingt-huit ans.

— Pas d'autres Van Cram ?

— Seulement un Von Kramm, avec un *K* et deux *m*, et celui-là est mort à Cologne, il y a vingt-quatre ans.

Il existait d'autres dossiers, en bas, concernant non seulement les personnes condamnées, mais toutes celles dont la police, à un moment ou à un autre, avait eu à s'occuper. On y retrouvait le Van Cram assureur et le Von Kramm de Cologne.

En étudiant la liste des aventuriers internationaux et en éliminant tous ceux qui n'avaient pas vécu dans le Proche-Orient et dont l'âge ne correspondait pas à celui du mari de Mme Laboine, Maigret finit par ne plus avoir que quelques fiches à la main, dont une qui portait la mention :

« Hans Ziegler, *alias* Ernst Marek, *alias* John Donley, *alias* Joey Hogan, *alias* Jean Lemke (son véritable nom et son origine sont inconnus). Spécialisé dans le vol à l'américaine. Parle couramment le français, l'anglais, l'allemand, le hollandais, l'italien et l'espagnol. Un peu de polonais. »

C'était la police de Prague, trente ans plus tôt, qui avait envoyé dans tous les pays la photographie d'un nommé Hans Ziegler qui, avec l'aide d'un complice, s'était procuré frauduleusement une somme importante. Hans Ziegler se disait né à Munich et avait alors des moustaches blondes.

Londres connaissait bientôt le même homme sous le nom de John Donley, né à San Francisco, et Copenhague l'avait arrêté sous le nom de Ernst Marek.

On le retrouvait ailleurs sous d'autres identités, Joey Hogan, Jules Stieb, Carl Spangler.

Son aspect changeait aussi avec les années. Au début, c'était un homme grand et mince, malgré une solide ossature. Peu à peu, il prenait de l'embonpoint en même temps qu'une certaine dignité.

Il portait beau, était habillé avec recherche. A Paris, il avait vécu dans un grand hôtel des Champs-Elysées, à Londres au *Savoy*. Partout, il fréquentait les endroits sélects et partout son activité était invariable, partout il suivait une technique depuis longtemps mise au point par d'autres mais dont il usait avec un rare brio.

Ils étaient deux à travailler de concert, mais, de son complice, on ne savait rien, sinon qu'il était plus jeune et avait un accent d'Europe Centrale.

Dans un bar élégant, ils repéraient une victime, un homme cossu, de préférence un industriel ou un commerçant de province.

Après quelques verres en compagnie de sa victime, Jean Lemke, ou Jules Stieb, John Donley, selon le cas, se plaignait de ne pas connaître le pays.

— Il faut absolument que je trouve un homme de confiance, disait-il. On m'a chargé d'une mission qui m'embarrasse, car je me demande comment je vais la mener à bien. J'ai tellement peur de me faire rouler !

La suite variait, mais le fond en était toujours le même. Une vieille dame très riche, une Américaine de préférence si cela se passait en Europe, lui avait remis une somme importante pour être distribuée à un certain nombre de personnes méritantes. Il avait l'argent, là-haut, en billets, dans sa chambre. Comment, dans un pays qu'il ne connaissait pas, juger des cas intéressants ?

Ah ! oui. La vieille dame avait spécifié qu'une partie de la somme, le tiers, par exemple, ou un quart, pouvait être distraite afin de couvrir les frais.

Est-ce que son nouvel ami... — car c'était un ami, n'est-ce pas ?... qui était un honnête homme — n'accepterait pas de l'aider ? Bien entendu, le tiers en question serait partagé avec lui... Cela représentait un assez joli paquet.

Il se devait d'être prudent, se considérait tenu

d'exiger certaines garanties... Que son ami dépose une certaine somme en banque, de son côté, afin de prouver sa bonne foi...

— Attendez-moi un instant... Ou, mieux, montez donc dans mon appartement...

Les banknotes y étaient. Il y en avait plein une serviette, en liasses impressionnantes.

— Nous les emportons, nous passons par votre banque où vous retirez la somme...

Celle-ci variait selon les pays.

— Nous allons déposer le tout à mon compte tandis que je vous remets la serviette dont vous n'aurez plus qu'à distribuer le contenu, après prélèvement de votre part.

Dans le taxi, la mallette aux billets était entre eux deux. La victime retirait ses fonds. Devant sa propre banque, généralement un grand établissement du centre de la ville, Lemke, *alias* Stieb, *alias* Ziegler, etc., laissait la valise sous la garde de son compagnon.

— J'en ai pour un instant...

Il se précipitait avec les fonds de sa victime qui ne le revoyait jamais et découvrait bientôt que les liasses de billets, à part ceux qui se trouvaient au-dessus des piles, n'étaient que du papier journal.

La plupart du temps, quand l'homme avait été arrêté, il n'avait rien de compromettant en sa possession. Le produit du vol avait disparu, emporté par un complice à qui il l'avait passé dans la foule encombrant la banque.

Dans un dossier, un seul, envoyé par la police danoise, on ajoutait :

« Selon des informations qu'il nous a été impossible de contrôler, il s'agirait en réalité d'un sujet hollandais nommé Julius Van Cram, né à Groningen. Fils de bonne famille, Van Cram a travaillé, vers l'âge de vingt-deux ans, dans une banque d'Amsterdam dont son père était administrateur. Il parlait déjà plusieurs langues, avait reçu une excellente éducation et fréquentait le Yacht Club d'Amsterdam.

» Il a disparu deux ans plus tard, et quelques semaines après on s'est aperçu qu'il avait emporté une partie des fonds de la banque. »

Malheureusement, il avait été impossible de se procurer des photographies de ce Van Cram, dont on ne possédait pas non plus les empreintes digitales.

En confrontant les dates, Maigret faisait une autre découverte intéressante. A l'encontre de la plupart des malfaiteurs et des escrocs, l'homme travaillait rarement deux fois de suite. Il mettait des semaines, parfois des mois, à préparer son coup, toujours pour une somme importante.

Après quoi, on était généralement plusieurs années avant de le retrouver à un autre bout du monde, jouant à nouveau sa partie avec la même adresse, la même perfection dans le détail.

Cela n'indiquait-il pas qu'il attendait pour recommencer que les fonds soient en baisse ? Conservait-il une poire pour la soif ? Avait-il un magot caché quelque part ?

Son dernier exploit datait de six ans et avait eu lieu au Mexique.

— Tu veux venir un instant, Lucas ?

Lucas regarda avec surprise les dossiers qui encombraient le bureau.

— Je voudrais que tu expédies un certain nombre de télégrammes. Auparavant tu enverras quelqu'un chez la veuve Crêmieux, rue de Clichy, pour t'assurer que ce personnage est bien celui dont elle a vu la photographie dans le sac de sa locataire.

Il donna la liste des pays où l'homme avait travaillé, avec le nom sous lequel il y avait été connu.

— Tu téléphoneras aussi à Féret, à Nice. Qu'il retourne voir Mme Laboine et qu'il essaie d'obtenir la date et le lieu d'origine des mandats qu'elle a reçus. Je doute qu'elle en ait conservé les talons, mais c'est une chance à courir.

Il s'interrompit soudain.

— Pas de nouvelles de Lognon ?

— Il devait téléphoner ?

— Je ne sais pas. Veux-tu appeler son appartement ?

Il eut Mme Lognon au bout du fil.

— Votre mari est rentré ?

— Pas encore. Vous ne savez toujours pas où il est ?

Elle s'inquiétait et il commençait à s'inquiéter à son tour.

— Je suppose, dit-il pour la rassurer, que sa filature l'aura conduit hors ville.

Il parlait de filature à tout hasard, dut subir les doléances de Mme Lognon qui se plaignit qu'on réserve invariablement à son mari les missions les plus ingrates et les plus dangereuses.

Pouvait-il lui répondre que, chaque fois que Lognon s'était mis dans un mauvais pas, il l'avait fait de son propre chef, la plupart du temps à l'encontre des instructions qu'il avait reçues ?

Il voulait tellement bien faire, avait un tel désir de se distinguer, qu'il fonçait tête baissée, persuadé, chaque fois, qu'il allait enfin prouver sa valeur.

Sa valeur, on la reconnaissait. Il n'y avait que lui à ne pas le savoir.

Maigret appela le 2ᵉ Quartier, où on n'avait pas davantage de nouvelles du Malgracieux.

— Personne ne l'a vu dans les environs ?

— On ne m'en a pas parlé.

Lucas, à côté, qui avait envoyé un inspecteur rue de Clichy, téléphonait ses télégrammes. Janvier, dans l'encadrement de la porte, attendait que Maigret raccroche pour lui demander ses instructions.

— Je crois que le commissaire Priollet désire vous voir. Il est passé tout à l'heure, mais vous n'étiez pas dans votre bureau.

— J'étais là-haut.

Maigret se rendit chez Priollet, qui était occupé à interroger un marchand de drogue aux narines pincées et aux yeux bordés de rouge.

— Je ne sais pas si cela t'intéresse toujours. Peut-être as-tu reçu l'information par ailleurs. On m'a signalé, ce matin, que Jeanine Armenieu a vécu assez longtemps dans un appartement de la rue de Ponthieu.

— Tu as le numéro ?

— Non. Ce n'est pas loin de la rue de Berri et il y a un bar au rez-de-chaussée.

— Je te remercie. Rien sur Santoni ?

— Rien. Je ne pense pas qu'on ait quoi que ce soit à lui reprocher et il doit filer le parfait amour à Florence.

Maigret retrouva Janvier dans son bureau.

— Prends ton chapeau et ton manteau.

— Où allons-nous ?

— Rue de Ponthieu.

Probablement en apprendrait-il encore un peu plus sur sa morte. Elle restait au premier plan de ses préoccupations. Mais il y avait ce sacré Lognon qui commençait à jouer un rôle important. Et, malheureusement, sur ce rôle-là, on ne savait rien.

— Celui qui a dit « Surtout, pas de zèle » avait bougrement raison, grommela le commissaire en endossant son pardessus.

Il était peu probable que le Malgracieux fût toujours à marcher dans les rues en se rendant d'une adresse à l'autre. La veille, à cinq heures, autant qu'on en pouvait juger — et, avec lui, ce n'était pas facile de juger — il n'avait aucune piste.

Il était rentré chez lui pour dîner, était reparti aussitôt.

Avant de sortir, Maigret passa la tête dans le bureau des inspecteurs.

— Que quelqu'un téléphone aux gares, à tout hasard, et s'assure que Lognon n'a pas pris le train.

En suivant quelqu'un, par exemple. C'était possible. Et, dans ce cas, il n'avait peut-être pas eu l'occasion de téléphoner au Quai ou à son bureau.

Dans ce cas-là aussi, il avait des renseignements que les autres n'avaient pas.

— On y va, patron ?

— On y va.

Maigret, maussade, fit arrêter la voiture place Dauphine pour boire un verre.

Ce n'était pas vrai qu'il était jaloux de Lognon. Si celui-ci découvrait l'assassin de Louise Laboine, tant mieux. S'il l'arrêtait, bravo !

Mais, sacrebleu, il aurait pu donner de ses nouvelles, comme tout le monde.

7

D'un inspecteur qui va de l'avant et d'une jeune fille
qui a rendez-vous avec le destin

Pendant que Janvier pénétrait dans l'immeuble pour se renseigner, Maigret, les mains dans les poches, restait au bord du trottoir et se disait que la rue de Ponthieu était un peu comme la coulisse des Champs-Elysées, ou comme son escalier de service. Chaque grande artère de Paris a ainsi, souvent parallèle à elle, une rue plus étroite et animée où l'on trouve des petits bars et des boutiques d'alimentation, des restaurants de chauffeurs et des hôtels bon marché, des coiffeurs et des représentants des petits métiers.

Il y avait justement un débit de vin où il avait envie d'entrer et il allait sans doute le faire quand Janvier surgit.

— C'est ici, patron !

Dès le premier immeuble, ils étaient tombés juste. La loge n'était pas plus claire que la plupart des loges de Paris mais la concierge était jeune, appétissante, et un bébé s'ébattait dans un parc en bois verni.

— Vous êtes de la police aussi, n'est-ce pas ?

— Pourquoi dites-vous aussi ?

— Parce que, hier soir, il est déjà venu quelqu'un de la police. J'allais me coucher. C'était un petit homme à l'air si triste qu'avant de m'apercevoir qu'il était enrhumé j'ai cru qu'il avait perdu sa femme et qu'il pleurait.

Il était difficile de ne pas sourire à cette description du Malgracieux.

— Quelle heure était-il ?

— Environ dix heures. J'étais occupée à me déshabiller derrière le paravent et j'ai dû le faire attendre. Vous venez pour la même chose ?

— Je suppose qu'il vous a questionnée au sujet de Mlle Armenieu ?

— Et de son amie, oui, celle qui a été assassinée.

— Vous avez reconnu sa photographie dans le journal ?

— J'ai cru la reconnaître.

— Elle était votre locataire ?

— Asseyez-vous, messieurs. Vous permettez que je continue à préparer le déjeuner du petit ? Si vous avez trop chaud, ne vous gênez pas pour retirer votre pardessus.

Elle questionna à son tour :

— Vous n'appartenez pas au même service que celui d'hier ? Je ne sais pas pourquoi je vous demande cela. Cela ne me regarde pas. Comme je l'ai dit à votre collègue, la vraie locataire, celle au

144

nom de qui le logement était loué, était Mlle Armenieu, Mlle Jeanine, comme je l'appelais. Maintenant, elle est mariée. Les journaux en ont parlé.
Vous le savez ?

Maigret fit signe que oui.

— Elle a habité longtemps chez vous ?

— Environ deux ans. Quand elle est arrivée, elle
était encore jeunette et gauche et elle venait souvent me demander conseil.

— Elle travaillait ?

— A cette époque-là, elle était dactylo dans un
bureau, pas très loin d'ici, je ne sais pas où au juste.
Elle a pris le petit appartement du troisième, qui
donne sur la cour mais qui est joli.

— Son amie ne vivait pas avec elle ?

— Si. Seulement, comme je vous le disais,
c'était elle qui payait le loyer et le bail était à son
nom.

Elle ne demandait qu'à parler. Cela lui était
d'autant plus facile qu'elle avait déjà donné ces renseignements-là la veille.

— Je sais d'avance ce que vous allez me demander. Elles sont parties il y a environ six mois. Plus
exactement, Mlle Jeanine est partie la première.

— Je croyais que l'appartement était à son
nom ?

— Oui. Le mois était presque fini. Il restait trois
ou quatre jours à courir. Un soir, Mlle Jeanine est
venue s'asseoir à la place où vous êtes et m'a
annoncé :

» — J'en ai assez, madame Marcelle. Cette fois,
j'ai décidé d'en finir.

Maigret questionna :

— D'en finir avec quoi ?

— Avec l'autre, son amie, Louise.

— Elles ne s'entendaient pas ?

— C'est justement ce que je voudrais essayer de vous expliquer. Mlle Louise ne s'arrêtait jamais pour bavarder et je ne sais presque rien d'elle, sinon par son amie, de sorte que je ne connais qu'un son de cloche. Les premiers temps, j'ai cru qu'elles étaient deux sœurs, ou des cousines, ou des amies d'enfance. Puis Mlle Jeanine m'a appris qu'elles s'étaient simplement rencontrées dans le train deux ou trois mois plus tôt.

— Elles ne s'aimaient pas ?

— Oui et non. C'est difficile à dire. J'ai vu défiler un certain nombre de filles de cet âge-là. Nous en avons encore maintenant deux qui dansent au *Lido*. Une autre est manucure au *Claridge*. La plupart me racontent leurs petites affaires. Après quelques jours, Mlle Jeanine a fait comme elles. Mais l'autre, Louise, ne s'est jamais confiée. J'ai longtemps pensé qu'elle était fière, puis je me suis demandé si ce n'était pas de la timidité de sa part et c'est ce que je suis encore inclinée à croire.

» Voyez-vous, ces petites-là, quand elles arrivent à Paris et se sentent perdues au milieu des millions de gens, ou bien ça bluffe, ça crâne, ça parle haut, ou bien ça se renferme sur soi-même.

» Mlle Jeanine, elle, était plutôt de la première sorte. Rien ne lui faisait peur. Elle sortait presque tous les soirs. Après quelques semaines, elle rentrait à des deux ou trois heures du matin et elle avait appris comment s'habiller. Elle n'était pas ici depuis trois mois que je l'entendais, la nuit, monter avec un homme.

» Cela ne me regardait pas. Elle était chez elle. Nous ne tenons pas une pension de famille.

— Chacune avait sa chambre ?

— Oui. Quand même ! Louise n'en devait pas moins tout entendre et, le matin, il lui fallait attendre que l'homme soit parti pour faire sa toilette ou pour passer dans la cuisine.

— C'est ce qui a causé des disputes ?

— Je n'en suis pas sûre. En deux ans, il arrive beaucoup de choses et j'ai vingt-deux locataires dans l'immeuble. Je ne pouvais pas prévoir qu'une d'entre elles se ferait assassiner.

— Que fait votre mari ?

— Il est maître d'hôtel dans un restaurant de la place des Ternes. Cela ne vous ennuie pas que je donne à manger au petit ?

Elle l'installa dans sa chaise, se mit à lui tendre les bouchées une à une, sans perdre le fil de ses idées.

— J'ai raconté tout cela hier à votre collègue qui a pris des notes. Si vous voulez mon opinion, je vous dirai que Mlle Jeanine savait ce qu'elle voulait et qu'elle était décidée à l'obtenir par tous les moyens. Elle ne sortait pas avec n'importe qui. La plupart des hommes qui ont passé ici avaient leur voiture, que je voyais le matin à la porte en sortant les poubelles. Ils n'étaient pas nécessairement jeunes. Ils n'étaient pas vieux non plus. Ce que j'essaie de vous faire comprendre, c'est que ce n'était pas seulement pour le plaisir.

» Quand elle me posait des questions, je voyais

où elle voulait en venir. Par exemple, si on lui donnait rendez-vous dans un restaurant qu'elle ne connaissait pas, elle tenait à savoir si c'était un restaurant chic ou non, comment il fallait s'habiller pour y aller, etc.

» Elle n'a pas mis plus de six mois pour connaître un certain Paris comme ses poches.

— Son amie ne l'accompagnait jamais ?

— Seulement quand elles allaient au cinéma.

— A quoi Louise passait-elle ses soirées ?

— La plupart du temps, elle restait là-haut. Parfois, elle allait faire un tour, sans jamais s'éloigner beaucoup, comme si elle avait peur.

» Elles avaient à peu près le même âge mais Mlle Louise, à côté de l'autre, était une petite fille.

» C'est ce qui, parfois, exaspérait Mlle Jeanine. Une première fois, elle m'a dit :

» — Si seulement, dans le train, j'avais pu dormir au lieu de bavarder avec elle !

» Cependant, surtout dans les débuts, je suis sûre qu'elle n'était pas fâchée d'avoir quelqu'un à qui parler. Peut-être avez-vous remarqué aussi que les jeunes filles qui viennent chercher fortune à Paris se mettent presque toujours à deux.

» Ensuite, petit à petit, elles commencent à se détester.

» C'est ce qui s'est passé, d'autant plus vite que Mlle Louise ne s'adaptait pas et ne restait jamais plus de quelques semaines dans une place.

» Elle n'avait guère d'instruction. Il paraît qu'elle faisait des fautes d'orthographe et que cela l'empêchait de travailler dans un bureau. Quand elle était embauchée comme vendeuse quelque part, il lui arrivait toujours une mésaventure. Ou c'était le patron, ou un chef de rayon qui essayait de coucher avec elle.

» Au lieu de leur faire comprendre adroitement que ce n'était pas son genre, elle montait sur ses grands chevaux, les giflait, ou s'en allait en claquant les portes. Une fois il y a eu des vols dans l'établissement et c'est elle qu'on a soupçonnée, alors qu'elle était sûrement innocente.

» Tout cela, remarquez-le, c'est son amie qui me l'a raconté. Pour ma part, je sais seulement qu'il y avait des périodes pendant lesquelles Mlle Louise ne travaillait pas, sortait plus tard que d'habitude pour courir aux adresses fournies par les petites annonces.

— Elles prenaient leurs repas là-haut ?

— Presque toujours. Sauf quand Mlle Jeanine mangeait dehors avec des amis. L'année dernière, elles sont allées toutes les deux passer une semaine à Deauville. Plus exactement, elles sont parties toutes les deux mais la petite — je veux dire Louise — est revenue la première et Jeanine n'est rentrée que plusieurs jours plus tard. J'ignore ce qui s'est passé là-bas. Elles sont restées un temps sans se parler tout en continuant à vivre dans le même appartement.

— Louise recevait du courrier ?

— Jamais de lettres personnelles. Je l'ai même crue orpheline. Son amie m'a appris qu'elle avait une mère, dans le Midi, une demi-folle qui ne s'occupait pas de sa fille. De temps en temps, quand Mlle Louise répondait par écrit à des annonces, elle recevait quelques lettres sur du papier à en-tête et je savais ce que cela signifiait.

— Et Jeanine ?

— Une lettre de Lyon toutes les deux ou trois semaines. De son père qui est veuf là-bas. Puis surtout des pneumatiques, pour lui donner des rendez-vous.

— Il y a longtemps que Jeanine vous avait dit son désir de se débarrasser de son amie ?

— Elle a commencé à en parler voilà plus d'un an, peut-être un an et demi, mais c'était toujours quand elles s'étaient disputées, ou quand l'autre venait une fois de plus de perdre sa place. Jeanine soupirait :

» — Quand je pense que j'ai quitté mon père pour être libre et que je me suis mis cette gourde-là sur le dos !

» Le lendemain ou le surlendemain, elle était contente de la retrouver, j'en suis persuadée. C'était un peu comme dans les ménages. Je suppose que vous êtes mariés tous les deux ?

— Il y a six mois que Jeanine Armenieu vous a donné son congé ?

— Oui. Elle avait beaucoup changé pendant les derniers temps. Elle s'habillait mieux, je veux dire avec des choses plus coûteuses, fréquentait des endroits d'une classe au-dessus de ceux qu'elle avait fréquentés jusqu'alors. Il lui arrivait de ne pas rentrer de deux ou trois jours. Elle recevait des fleurs, des boîtes de chocolat qui venaient de la *Marquise de Sévigné*. J'ai compris.

» Un soir, donc, elle est venue s'asseoir dans la loge et m'a annoncé :

150

» — Cette fois, je m'en vais pour de bon, madame Marcelle. Je n'ai rien contre la maison, mais je ne peux pas éternellement continuer à habiter avec cette fille.

» — Vous n'allez pas vous marier ? ai-je plaisanté.

» Elle n'a pas ri, a murmuré :

» — Pas tout de suite. Quand cela arrivera, vous l'apprendrez par les journaux.

» Elle devait déjà avoir fait la connaissance de M. Santoni. Elle était sûre d'elle et son petit sourire en disait long.

» J'ai continué à plaisanter.

» — Vous m'inviterez à la noce ?

» — Je ne promets pas de vous inviter, mais je vous enverrai un joli cadeau.

— Elle l'a fait ? demanda Maigret.

— Pas encore. Elle le fera probablement. Toujours est-il qu'elle est arrivée à ses fins, et qu'elle passe sa lune de miel en Italie. Pour en revenir à ce soir-là, elle m'a avoué qu'elle partait sans rien dire à son amie et qu'elle s'arrangerait pour que celle-ci ne la retrouve pas.

» — Sinon, elle parviendra encore à s'accrocher à moi !

» Elle a fait ce qu'elle m'a annoncé, a profité de ce que l'autre était sortie pour emporter ses deux valises et ne m'a même pas laissé d'adresse, pour être plus sûre.

» — Je passerai de temps en temps voir s'il y a du courrier pour moi.

— Vous l'avez revue ?

— Trois ou quatre fois. Donc, il restait quelques

jours de loyer à courir. Le dernier matin, Mlle Louise est venue me trouver pour me déclarer qu'elle était obligée de quitter la maison. J'avoue que j'ai eu pitié d'elle. Elle ne pleurait pas. Sa lèvre tremblait en me parlant et je la sentais si désemparée. Elle ne possédait qu'une petite valise bleue pour tout bagage. Je lui ai demandé où elle allait et elle m'a répondu qu'elle l'ignorait.

» — Si vous voulez rester encore quelques jours, jusqu'à ce que je trouve un locataire...

» — Je vous remercie beaucoup, mais j'aime mieux pas...

» C'était bien d'elle. Je l'ai vue s'éloigner le long du trottoir, sa valise à la main, et, quand elle a tourné le coin de la rue, j'avais envie de la rappeler pour lui donner un peu d'argent.

— Elle est revenue vous voir aussi ?

— Elle est revenue, mais pas pour me voir. C'était pour me demander l'adresse de son amie. Je lui ai répondu que je l'ignorais. Elle n'a pas dû me croire.

— Pourquoi voulait-elle la retrouver ?

— Probablement pour se remettre avec elle, ou pour lui demander de l'argent. A l'état de ses vêtements, il était facile de comprendre que ça allait mal.

— Quand est-elle venue pour la dernière fois ?

— Il y a un peu plus d'un mois. Je venais de lire le journal, qui était encore sur la table. Je n'aurais sans doute pas dû faire ce que j'ai fait.

» — Je ne sais pas où elle habite, lui ai-je dit, mais on parle justement d'elle dans les échos.

» C'était vrai. Il était dit quelque chose comme :

» *Marco Santoni, des vermouths, chaque soir au* Maxim's *avec un ravissant mannequin, Jeanine Armenieu.*

Maigret regarda Janvier, qui avait compris. Un mois plus tôt, Louise Laboine s'était rendue une première fois rue de Douai pour louer une robe du soir à « Mademoiselle Irène ». N'était-ce pas avec l'intention de se rendre au *Maxim's* pour rencontrer son amie ?

— Vous ignorez si elle l'a vue ?

— Elle ne l'a pas vue. Mlle Jeanine est venue quelques jours plus tard, et, quand je lui ai posé la question, elle s'est mise à rire :

» — Nous allons souper souvent au *Maxim's,* mais quand même pas chaque soir, m'a-t-elle dit. En outre, je doute qu'on ait laissé entrer la pauvre Louise.

Maigret questionna :

— Vous avez raconté tout cela à l'inspecteur qui est venu hier soir ?

— Peut-être pas avec autant de détails, parce qu'il y en a dont je me suis souvenue depuis.

— Vous ne lui avez rien dit d'autre ?

Maigret essayait de découvrir ce qui, dans ce qu'il venait d'apprendre, avait pu lancer Lognon sur une piste. La veille, à dix heures du soir, il se trouvait dans cette même loge de concierge. Et, depuis, on ne savait rien de lui.

— Vous me donnez un moment pour mettre mon fils au lit ?

Elle le débarbouilla, le changea sur la table, pénétra avec lui dans une sorte d'alcôve où on l'entendit chuchoter tendrement.

Quand elle revint, elle paraissait un peu plus soucieuse.

— Je me demande, à présent, si ce qui est arrivé n'est pas ma faute. Si seulement ces filles-là ne faisaient pas tant de mystères, ce serait si facile ! Que Mlle Jeanine ne me laisse pas son adresse pour ne pas être ennuyée par son amie, je le comprends. Mais l'autre, Mlle Louise, elle aurait pu me donner la sienne.

» Il y a une dizaine de jours, peut-être un peu plus, je ne sais pas au juste, un homme est venu et m'a demandé si une certaine Louise Laboine habitait bien ici.

» Je lui ai répondu que non, qu'elle était partie depuis plusieurs mois mais qu'elle vivait encore à Paris, que je ne connaissais pas son adresse, qu'elle venait de temps en temps me voir.

— Quelle sorte d'homme ?

— Un étranger. A son accent, j'ai cru comprendre que c'était un Anglais ou un Américain. Pas quelqu'un de riche, ni d'élégant. Un petit bonhomme maigre, qui, tenez, ressemble un peu à l'inspecteur d'hier. J'ignore pourquoi il m'a fait penser à un clown.

» Il paraissait découragé, a insisté pour savoir si j'espérais la voir bientôt.

» — Peut-être demain, peut-être dans un mois, lui ai-je répondu.

» — Je vais lui laisser un mot.

» Il s'est assis devant la table, m'a demandé du papier et une enveloppe et s'est mis à écrire au crayon. J'ai glissé la lettre dans un casier vide et je n'y ai plus pensé.

» Quand il est revenu, trois jours après, la lettre était toujours là et il s'est montré encore plus découragé.

» — Je ne vais pas pouvoir attendre longtemps, m'a-t-il dit. Il faudra bientôt que je m'en aille.

» Je lui ai demandé si c'était important et il m'a répondu :

» — Pour elle, oui. Très important.

» Il a repris la lettre et en a écrit une autre, en y mettant le temps, cette fois, comme s'il était obligé de prendre une décision. A la fin, il me l'a tendue en soupirant.

— Vous ne l'avez pas revu ?

— Seulement le lendemain. Trois jours plus tard, Mlle Jeanine est venue me rendre visite. Cet après-midi-là, elle m'a annoncé, très excitée :

» — Vous entendrez bientôt parler de moi par les journaux.

» Elle venait de faire des achats dans le quartier et était chargée de petits paquets qui sortaient des meilleures maisons.

» Je lui ai parlé de la lettre pour Mlle Louise, lui ai raconté les visites du bonhomme maigre.

» — Si seulement je savais où la trouver...

» Elle a paru réfléchir.

» — Vous feriez peut-être mieux de me la confier, a-t-elle fini par dire. Comme je connais Louise, elle ne sera pas longtemps sans venir me voir. Dès qu'elle saura par les journaux où je suis...

» J'ai hésité. J'ai pensé qu'elle avait sans doute raison.

— Vous lui avez remis la lettre ?

— Oui. Elle a regardé l'enveloppe et l'a fourrée dans son sac. Ce n'est qu'en sortant qu'elle m'a lancé :

» — Vous ne tarderez pas à recevoir votre cadeau, madame Marcelle !

Maigret se taisait, tête baissée, le regard fixé au plancher.

— C'est tout ce que vous avez dit à l'inspecteur ?

— Je crois. Oui. Je cherche. Je ne vois pas ce que j'aurais pu ajouter.

— Louise n'est pas revenue, depuis ?

— Non.

— Elle ignorait donc que son ex-amie avait une lettre pour elle ?

— Je suppose. En tout cas, ce n'est pas par moi qu'elle a pu l'apprendre.

Maigret venait, en un quart d'heure, d'en découvrir beaucoup plus qu'il n'avait espéré. Seulement, la piste s'arrêtait brusquement.

C'était à Lognon, plus encore qu'à Louise Laboine, qu'il pensait, comme si le Malgracieux s'était soudain mis à jouer le premier rôle.

Il était venu ici, avait entendu le même récit.

Après quoi il avait disparu de la circulation.

Un autre, la veille au soir, sachant ce qu'il savait, aurait téléphoné à Maigret pour lui communiquer les renseignements et demander des instructions. Pas Lognon ! Il avait tenu, tout seul, à aller jusqu'au bout.

— Vous semblez préoccupé, remarqua la concierge.

— Je suppose que l'inspecteur ne vous a rien dit, n'a fait aucune réflexion ?

— Non. Il est parti en me remerciant et a tourné à droite dans la rue.

Que faire, sinon remercier aussi et s'en aller ? Sans consulter Janvier, Maigret entraîna celui-ci dans le bistrot qu'il avait remarqué tout à l'heure, commanda deux pernods et but le sien en silence.

— Veux-tu téléphoner au 2ᵉ Quartier pour savoir s'ils ont de ses nouvelles ? Appelle sa femme ensuite, au cas où le bureau ne saurait rien. Enfin, assure-toi qu'il n'a pas pris contact avec le Quai.

Quand Janvier sortit de la cabine, Maigret buvait lentement un second apéritif.

— Rien !

— Je ne vois qu'une explication, c'est qu'il ait téléphoné en Italie.

— Vous allez le faire ?

— Oui. Nous obtiendrons plus rapidement la communication du bureau.

Quand ils y arrivèrent, presque tout le monde était parti déjeuner. Maigret se fit donner la liste des hôtels de Florence, choisit les plus luxueux et, au troisième, apprit que les Santoni y étaient descendus. Ils ne se trouvaient pas dans leur appartement, qu'ils avaient quitté une demi-heure plus tôt pour descendre déjeuner au restaurant.

C'est là, un peu plus tard, qu'il put les joindre et il eut la chance que le maître d'hôtel, qui avait travaillé à Paris, sache un peu de français.

— Voulez-vous demander à Mme Santoni de venir à l'appareil ?

Quand le maître d'hôtel eut fait la commission, ce fut une voix d'homme, agressive, que Maigret entendit.

— Je vous serais obligé de me dire ce que signifie cette histoire ?

— Qui est à l'appareil ?

— Marco Santoni. La nuit dernière, on nous
réveille sous prétexte que la police de Paris a besoin
d'un renseignement urgent. Aujourd'hui, c'est au
restaurant que vous nous poursuivez.

— Je m'excuse, monsieur Santoni. C'est le commissaire Maigret, de la Police Judiciaire, qui vous
parle.

— Cela ne me dit pas ce que ma femme a à voir
avec...

— Ce n'est pas à elle que nous en avons. Il se
fait seulement qu'une de ses anciennes amies a été
assassinée.

— C'est ce que le type de la nuit dernière nous
a raconté. Et après ? Est-ce une raison pour...

— Votre femme avait reçu une lettre en dépôt.
Cette lettre nous permettrait probablement...

— Est-il indispensable, pour cela, de téléphoner
deux fois ? Elle a dit tout ce qu'elle savait à l'inspecteur.

— L'inspecteur a disparu.

— Ah !

Sa colère tombait.

— Dans ce cas, je vais appeler ma femme.
J'espère qu'ensuite vous la laisserez tranquille et
que vous éviterez que son nom soit dans les journaux.

Il y eut des chuchotements. Jeanine devait se
trouver dans la cabine avec son mari.

— J'écoute ! dit-elle.

— Excusez-moi, madame. Vous savez déjà de

quoi il s'agit. La concierge de la rue de Ponthieu vous a remis une lettre destinée à Louise.

— Je regrette de m'en être chargée !

— Qu'est-ce que cette lettre est devenue ?

Il y eut un silence et, un instant, Maigret crut que la communication avait été coupée.

— Vous la lui avez remise la nuit de votre mariage, quand elle est allée vous voir au *Roméo* ?

— Bien sûr que non. Je n'allais pas emporter la lettre avec moi le soir de mon mariage.

— C'est à cause de cette lettre que Louise est allée vous trouver ?

Un nouveau silence, comme une hésitation.

— Non. Elle n'en avait même pas entendu parler.

— Que voulait-elle ?

— Que je lui prête de l'argent, bien sûr. Elle m'a dit qu'elle n'avait plus un sou, que sa propriétaire l'avait mise à la porte et m'a laissé entendre qu'elle n'avait plus que la ressource de se suicider. Pas si clairement que ça. Avec Louise, rien n'est jamais clair.

— Vous lui avez donné de l'argent ?

— Trois ou quatre billets de mille francs. Je ne les ai pas comptés.

— Vous lui avez parlé de la lettre ?

— Oui.

— Que lui avez-vous dit exactement ?

— Ce qu'il y avait dedans.

— Vous l'aviez lue ?

— Oui.

Encore un silence.

— Vous me croirez si vous voulez. Ce n'est pas

159

par curiosité. Ce n'est même pas moi qui l'ai ouverte. Marco l'a trouvée dans mon sac. Je lui ai raconté l'histoire et il ne m'a pas crue. Je lui ai dit :

» — Ouvre-la. Tu verras bien.

A voix plus basse, elle parla à son compagnon, qui était resté dans la cabine.

— Tais-toi, lui disait-elle. Il vaut mieux dire la vérité. Ils la découvriront quand même.

— Vous vous souvenez du contenu ?

— Pas mot à mot. C'était mal écrit, en mauvais français, plein de fautes d'orthographe. Cela disait en substance :

» *J'ai une commission très importante à vous faire et il est urgent que je vous rencontre. Demandez après Jimmy au* Pickwick's Bar, *rue de l'Etoile. C'est moi. Si je n'y suis pas, le barman vous dira où vous pouvez me trouver.*

» — Vous êtes toujours là, commissaire ?

Maigret prenait des notes, grommelait :

— Continuez.

— La lettre ajoutait : *Il se peut qu'il ne me soit pas possible de rester en France assez longtemps. Dans ce cas, je laisserai le document au barman. Il vous demandera de prouver votre identité. Vous comprendrez après.*

— C'est tout ?

— Oui.

— Vous avez fait part de ce message à Louise ?

— Oui.

— Elle a paru comprendre ?

— Pas tout de suite. Puis elle a eu l'air de penser à quelque chose et elle est partie en me disant merci.

— Vous n'avez pas eu de ses nouvelles au cours de la nuit ?

— Non. Comment aurais-je pu en avoir ? Ce n'est que deux jours après, en parcourant par hasard le journal, que j'ai appris qu'elle était morte.

— Vous pensez qu'elle s'est rendue au *Pickwick's Bar* ?

— C'est probable, non ? Qu'auriez-vous fait à sa place ?

— Personne, en dehors de vous et de votre mari, n'était au courant ?

— Je ne sais pas. La lettre a traîné dans mon sac pendant deux ou trois jours.

— Vous habitiez l'*Hôtel Washington* ?

— Oui.

— Vous n'avez pas reçu de visite ?

— Pas en dehors de Marco.

— Où se trouve à présent la lettre ?

— J'ai dû la ranger avec d'autres papiers.

— Vos affaires sont encore à l'hôtel ?

— Certainement pas. Je les ai transportées chez Marco la veille du mariage, sauf mes objets de toilette et quelques vêtements que le valet de chambre est allé chercher le jour même. Vous croyez que c'est à cause de ce message qu'elle est morte ?

— C'est possible. Elle n'a fait aucune réflexion à ce sujet ?

— Aucune.

— Elle ne vous a jamais parlé de son père ?

— Je lui ai demandé un jour de qui était la photographie qu'elle gardait dans son portefeuille et elle m'a répondu que c'était le portrait de son père.

» — Il vit encore ? ai-je insisté.

» Elle m'a regardée comme quelqu'un qui n'a pas envie de parler et qui fait des mystères. Je me suis tue. Une autre fois que nous discutions de nos parents, j'ai questionné :

» — Que fait ton père ?

» Elle m'a fixée de la même manière, en silence, c'était son genre. Maintenant qu'elle est morte, ce n'est pas le moment d'en dire du mal, mais...

Son compagnon dut la faire taire.

— Je vous ai dit tout ce que je savais.

— Je vous remercie. Quand comptez-vous rentrer à Paris ?

— D'ici une semaine.

Janvier avait suivi la conversation à un second écouteur.

— Il me semble que nous venons de retrouver la piste Lognon, dit-il, avec un mince sourire.

— Tu connais le *Pickwick's Bar* ?

— J'ai déjà vu ça en passant, mais je n'y suis jamais entré.

— Moi non plus. Tu as faim ?

— J'ai encore plus hâte de savoir.

Maigret ouvrit la porte du bureau voisin, lança à Lucas :

— Pas de nouvelles de Lognon ?

— Rien, patron.

— S'il t'appelle, tu pourras me toucher au *Pickwick's Bar,* rue de l'Etoile.

— J'ai eu tout à l'heure une visite, patron, celle de la tenancière d'un meublé de la rue d'Aboukir.

Elle a mis du temps à se décider. Il paraît qu'elle a été si occupée ces derniers jours, qu'elle n'a pas lu le journal. Bref, elle est venue nous dire que Louise Laboine a vécu dans son établissement pendant quatre mois.

— A quelle époque ?

— Récemment. Elle l'a quitté voilà deux mois.

— Donc, au moment d'aller s'installer rue de Clichy.

— Oui. Elle travaillait comme vendeuse dans un magasin du boulevard Magenta. C'est un de ces magasins qui ont un rayon de soldes sur le trottoir. La jeune fille y a passé une partie de l'hiver, a fini par attraper une bronchite et a dû garder la chambre pendant une semaine.

— Qui la soignait ?

— Personne. Sa chambre était au dernier étage, une sorte de mansarde. Le meublé est de dernier ordre, surtout fréquenté par des Nord-Africains.

Les vides, maintenant, étaient presque tous remplis. Il devenait possible de reconstituer l'histoire de la jeune fille depuis le moment où elle avait quitté sa mère, à Nice, jusqu'à la nuit où elle avait retrouvé Jeanine au *Roméo*.

— Tu viens, Janvier ?

Il ne restait à reconstituer que son emploi du temps pendant à peu près deux heures la dernière nuit.

Le chauffeur de taxi l'avait vue place Saint-Augustin puis, marchant toujours en direction de l'Arc de Triomphe, au coin du boulevard Haussmann et du faubourg Saint-Honoré.

C'était la route à suivre pour se rendre rue de l'Etoile.

Louise, qui n'avait jamais su organiser sa vie, qui n'avait trouvé, pour s'y raccrocher, qu'une fille rencontrée dans un train, marchait vite, toute seule sous la pluie fine, comme si elle était pressée de rencontrer son destin.

8

Où tout se passe entre gens qui savent
ce que parler veut dire
et où il est encore une fois question du Malgracieux

La façade, entre l'échope d'un cordonnier et une blanchisserie où l'on voyait travailler des repasseuses, était si étroite que la plupart des gens devaient passer sans soupçonner qu'il y avait là un bar. On ne pouvait rien distinguer à l'intérieur à cause des culs de bouteilles verdâtres qui servaient de vitres, et la porte, masquée par un rideau rouge sombre, était surmontée d'une lanterne genre ancien, où les mots *Pickwick's Bar* étaient peints en lettres plus ou moins gothiques.

Le seuil franchi, une transformation s'opéra en Maigret, qui sembla se durcir, devenir plus impersonnel, et un changement semblable s'opéra automatiquement dans l'attitude de Janvier.

Le bar, tout en longueur, était désert. A cause des culs de bouteilles et de l'étroitesse de la façade, la pièce était sombre, avec par-ci par-là des reflets sur les boiseries.

Un homme en bras de chemise, qui s'était levé à leur entrée, fit un mouvement pour poser quelque chose, sans doute un sandwich qu'il était en train de manger, assis derrière le bar, invisible, quand la porte s'était ouverte.

La bouche encore pleine, il les regardait s'avancer sans mot dire, sans qu'on pût lire aucune expression sur son visage. Il avait les cheveux très noirs, presque bleus, d'épais sourcils qui lui donnaient un air têtu, une fossette au milieu du menton, profonde comme une cicatrice.

Maigret parut à peine le regarder, mais il était évident qu'ils s'étaient reconnus tous les deux et que ce n'était pas la première fois qu'ils s'affrontaient. Il s'avança lentement vers un des hauts tabourets, s'y assit en déboutonnant son pardessus et en repoussant son chapeau en arrière. Janvier l'imita.

Après un silence, le barman questionna :

— Vous buvez quelque chose ?

Maigret regarda Janvier, hésitant.

— Et toi ?

— Je ferai comme vous.

— Deux pernods, si tu en as.

Albert les servit, posa une carafe d'eau glacée sur le comptoir d'acajou, attendit, et un instant on put croire qu'ils allaient jouer à qui garderait le plus longtemps le silence.

Ce fut le commissaire qui le rompit.

— A quelle heure Lognon est-il venu ?

166

— Je ne savais pas que son nom était Lognon. Je l'ai toujours entendu appeler le Malgracieux.

— Quelle heure ?

— Peut-être onze heures ? Je n'ai pas regardé l'horloge.

— Où l'as-tu envoyé ?

— Nulle part.

— Qu'est-ce que tu lui as dit ?

— J'ai répondu à ses questions.

Maigret piquait des olives dans une coupe qui se trouvait sur le comptoir et les mangeait une à une avec l'air de penser à autre chose.

Dès l'entrée, quand le barman s'était levé derrière son comptoir, il l'avait reconnu pour un certain Albert Falconi, un Corse, qu'il avait envoyé au moins deux fois en prison sous l'inculpation de jeux clandestins et, une fois, de trafic d'or avec la Belgique. Une autre fois, Falconi avait été soupçonné d'avoir descendu, à Montmartre, un type de la bande des Marseillais, mais on n'avait pu retenir de preuve contre lui et il avait été relâché.

Il devait avoir trente-cinq ans.

De part et d'autre, on évitait les mots inutiles. On était en quelque sorte entre professionnels et les phrases qu'on prononçait avaient leur plein poids de signification.

— Quand tu as lu le journal, mardi, tu as reconnu la petite ?

Albert ne nia pas, n'admit rien, continua à regarder le commissaire d'un œil impassible.

— Combien y avait-il de clients dans la boîte quand elle est venue lundi soir ?

Maigret contemplait l'enfilade de la salle. Il

existe à Paris un certain nombre de bars comme celui-là, et le passant qui y entre à l'improviste alors qu'ils sont vides peut se demander de quoi ils vivent. Cela tient à ce qu'ils ont une clientèle d'habitués, appartenant plus ou moins tous à un même milieu, qui se retrouvent régulièrement aux mêmes heures.

Le matin, Albert ne devait pas ouvrir. Il venait probablement d'arriver et n'avait pas fini de ranger ses bouteilles. Le soir, par contre, tous les tabourets étaient sans doute occupés, laissant juste assez de place pour se faufiler le long du mur. Au fond, s'amorçait un escalier raide qui conduisait au sous-sol.

Le barman, lui aussi, paraissait faire le compte des tabourets.

— C'était à peu près plein, finit-il par dire.

— Il était entre minuit et une heure ?

— Beaucoup plus près d'une heure que de minuit.

— Tu l'avais déjà vue ?

— C'était la première fois.

Tout le monde avait dû se tourner vers Louise et l'examiner avec curiosité. Si des femmes fréquentaient l'établissement, c'étaient des professionnelles, elles aussi bien différentes de la jeune fille. Sa robe du soir fanée, la cape de velours qui n'avait pas été faite pour elle avaient certainement causé une certaine sensation.

— Qu'est-ce qu'elle a fait ?

Albert fronça les sourcils, en homme qui cherche à se souvenir.

— Elle s'est assise.

— Où ?

Il regarda à nouveau les tabourets.

— A peu près où vous êtes. C'était la seule place libre à proximité de la porte.

— Qu'est-ce qu'elle a bu ?

— Un martini.

— Elle a tout de suite commandé un martini ?

— Quand je lui ai demandé ce qu'elle prenait.

— Ensuite ?

— Elle est restée un bon moment sans rien dire.

— Elle avait un sac à main ?

— Elle l'avait posé sur le bar. Un sac argenté.

— Lognon t'a posé ces questions-là ?

— Pas dans le même ordre.

— Continue.

— J'aime mieux répondre.

— Elle t'a demandé si tu avais une lettre pour elle ?

Il fit signe que oui.

— Où était la lettre ?

Il se retourna, comme au ralenti, désigna une place, entre deux bouteilles qui ne devaient pas souvent servir, où se trouvaient deux ou trois enveloppes destinées à des clients.

— Ici.

— Tu la lui as remise ?

— Je lui ai réclamé sa carte d'identité.

— Pourquoi ?

— Parce qu'on m'avait recommandé de le faire.

— Qui ?

— Le type.

Il n'en disait jamais plus qu'il était indispensable

et, pendant les silences, essayait évidemment de prévoir la question suivante.

— Jimmy ?

— Oui.

— Tu connais son nom de famille ?

— Non. Dans les bars, les gens donnent rarement leur nom de famille.

— Cela dépend dans quels bars.

Albert haussa les épaules comme pour signifier que cela ne l'offensait pas.

— Il parlait le français ?

— Assez bien pour un Américain.

— Quel genre de type ?

— Vous le savez mieux que moi, non ?

— Dis toujours.

— J'ai eu l'impression qu'il avait passé un certain nombre d'années à l'ombre.

— Un petit, maigre, mal portant ?

— Oui.

— Il était ici lundi ?

— Il avait quitté Paris cinq ou six jours plus tôt.

— Avant cela, il venait tous les jours ?

Albert acquiesçait sans impatience et, comme les verres étaient vides, saisissait la bouteille de pernod.

— Il passait le plus clair de son temps ici.

— Tu sais où il habitait ?

— Probablement dans un hôtel du quartier, j'ignore lequel.

— Il t'avait déjà remis l'enveloppe ?

— Non. Il m'avait seulement dit que, si la jeune fille venait le demander, je lui dise à quelle heure elle pouvait le trouver.

170

— Quelles étaient ces heures ?

— L'après-midi à partir de quatre heures, puis presque toute la soirée, jusque très tard.

— A quelle heure fermes-tu ?

— Deux ou trois heures du matin, cela dépend.

— Il te parlait ?

— Des fois.

— De lui ?

— De choses et d'autres.

— Il t'a avoué qu'il sortait de prison ?

— Il me l'a laissé entendre.

— Sing-Sing ?

— Je crois. Si Sing-Sing est dans l'Etat de New-York, au bord de l'Hudson, c'est ça.

— Il ne t'a pas mis au courant de ce que contenait l'enveloppe ?

— Non. Seulement que c'était important. Il avait hâte de s'en aller.

— A cause de la police ?

— De sa fille. Elle se marie la semaine prochaine à Baltimore. C'est pour cela qu'il a dû s'en aller sans attendre plus longtemps.

— Il t'a décrit la jeune fille qui viendrait ?

— Non. Il m'a seulement recommandé de m'assurer que c'était bien elle. C'est pourquoi je lui ai demandé sa carte d'identité.

— Elle a lu la lettre dans le bar ?

— Elle est descendue.

— Qu'est-ce qu'il y a, en bas ?

— Les lavabos et les téléphones.

— Tu crois qu'elle est allée lire sa lettre en bas ?

— Je le suppose.

— Elle a emporté son sac à main ?

— Oui.

— Quelle tête avait-elle quand elle est remontée ?

— Elle était moins déprimée qu'avant.

— Elle avait bu, avant de venir ?

— Je ne sais pas. Peut-être.

— Qu'a-t-elle fait ensuite ?

— Elle a repris sa place au bar.

— Elle a commandé un autre martini ?

— Pas elle. L'autre Américain.

— Quel autre Américain ?

— Un grand bougre avec une balafre et des oreilles en chou-fleur.

— Tu ne le connais pas ?

— Celui-là, je ne sais même pas son prénom.

— Quand a-t-il commencé à fréquenter ton bar ?

— A peu près en même temps que Jimmy.

— Ils se connaissaient ?

— Jimmy ne le connaissait sûrement pas.

— Et l'autre ?

— J'ai eu l'idée qu'il le suivait.

— Il venait aux mêmes heures ?

— A peu près, dans une grande bagnole grise qu'il rangeait en face de la porte.

— Le Jimmy ne t'en a pas parlé ?

— Il m'a demandé si je le connaissais.

— Tu lui as répondu que non ?

— Oui. Cela a paru le préoccuper. Puis il m'a dit que c'était sans doute le F.B.I. qui se demandait ce qu'il était venu faire en France et qui le surveillait.

— Tu crois que c'est ça ?

— Il y a longtemps que je ne crois plus rien.

— Quand Jimmy est reparti pour les Etats-Unis, l'autre a continué à venir ?

— Régulièrement.

— Il y avait un nom sur l'enveloppe ?

— Louise Laboine. Et la mention : Paris.

— Les clients pouvaient lire, de leur place ?

— Sûrement pas.

— Tu ne quittes jamais le bar pour un instant ?

— Pas quand il y a du monde. Je ne me fie à personne.

— Il a adressé la parole à la demoiselle ?

— Il lui a demandé la permission de lui offrir un verre.

— Elle a accepté ?

— Elle m'a regardé comme pour me demander conseil. On devinait qu'elle n'avait pas l'habitude.

— Tu lui as fait signe d'accepter ?

— Je ne lui ai fait aucun signe. Je me suis contenté de servir deux martinis. Puis je suis allé à l'autre bout du comptoir où on m'appelait et je n'y ai plus fait attention.

— La jeune fille et l'Américain sont partis ensemble ?

— Je crois.

— En voiture ?

— J'ai entendu le bruit d'un moteur.

— C'est tout ce que tu as dit à Lognon ?

— Non. Il m'a posé d'autres questions.

— Lesquelles ?

— Par exemple, si le type n'avait pas téléphoné. Je lui ai répondu que non. Ensuite, si je savais où il habitait. Je lui ai dit que non aussi. Enfin, si je n'avais aucune idée de l'endroit où il pouvait être allé.

Maintenant, Albert regardait lourdement Maigret et attendait.

— Alors ?

— Vous allez en savoir exactement autant que le Malgracieux. La veille, l'Américain m'avait demandé quelle est la meilleure route pour Bruxelles. Je lui ai conseillé de sortir de Paris par Saint-Denis, de passer par Compiègne, puis...

— C'est tout ?

— Non. Peut-être une heure avant l'arrivée de la petite, il m'a à nouveau parlé de Bruxelles. Il désirait savoir, cette fois, quel était le meilleur hôtel. Je lui ai répondu que je descendais toujours au *Palace,* en face de la gare du Nord.

— Quelle heure était-il, quand tu as dit ça à Lognon ?

— Près d'une heure du matin. Cela a pris plus de temps qu'avec vous, parce que je devais servir les clients.

— Tu as un indicateur des chemins de fer ?

— Si c'est pour les trains de Bruxelles, ce n'est pas la peine. L'inspecteur est descendu pour téléphoner à la gare. Il n'y avait plus de train cette nuit-là. Le premier était à cinq heures trente du matin.

— Il t'a dit qu'il le prendrait ?

— Il n'avait pas besoin de me le dire.

— Qu'est-ce que tu crois qu'il a fait jusqu'à cinq heures du matin ?

— Qu'est-ce que vous auriez fait ?

Maigret réfléchit. Il venait d'être question de deux étrangers, qui tous les deux semblaient avoir

174

habité le quartier, et qui, tous les deux, avaient découvert le *Pickwick's Bar.*

— Tu crois que Lognon a fait le tour des hôtels des environs ?

— C'est vous qui enquêtez, non ? Moi, je ne suis pas responsable du Malgracieux.

— Tu veux descendre et téléphoner à Bruxelles, Janvier ? Demande au *Palace* s'ils ont vu Lognon. Il a dû débarquer vers neuf heures et demie du matin. Peut-être est-il toujours à attendre l'arrivée de l'Américain en auto.

Pendant l'absence de l'inspecteur, il ne dit pas un mot et Albert, comme si, lui aussi, jugeait l'entretien terminé, s'était assis derrière le bar et s'était remis à manger.

Maigret n'avait pas touché à son second verre, mais avait fini le plateau d'olives. Il tenait les yeux fixés sur la perspective de la salle, sur les tabourets alignés, sur le petit escalier du fond, et on aurait dit qu'il peuplait le décor des gens qui étaient là le lundi soir, quand Louise Laboine, en robe du soir bleue et en cape de velours, un sac argenté à la main, avait fait son entrée.

Son front était barré d'un pli profond. Deux fois, il ouvrit la bouche pour parler, mais, les deux fois, il se ravisa.

Plus de dix minutes s'écoulèrent et le barman eut le temps d'achever son repas, de ramasser les miettes de pain sur la tablette, de finir sa tasse de café. Saisissant un chiffon douteux, il commençait à essuyer les poussières sur les bouteilles de l'étagère quand Janvier reparut.

— Il est à l'appareil, patron. Vous voulez lui parler ?

— C'est inutile. Dis-lui qu'il peut revenir.

Janvier hésita, incapable de cacher sa surprise, se demandant s'il avait bien entendu, si Maigret avait réfléchi. Enfin, habitué à obéir, il fit demi-tour en murmurant :

— Bien !

Albert, lui, n'avait pas tressailli, mais, au contraire, ses traits s'étaient durcis. Il continuait machinalement à essuyer ses bouteilles une à une et, dans le miroir qui se trouvait derrière les étagères, il pouvait voir le commissaire, à qui il tournait le dos.

Janvier revint. Maigret demanda :

— Il a protesté ?

— Il a commencé une phrase qu'il n'a pas finie, s'est contenté de dire :

» — Du moment que c'est un ordre !

Maigret quitta son tabouret, boutonna son pardessus, redressa son chapeau.

— Habille-toi, Albert, prononça-t-il simplement.

— Quoi ?

— J'ai dit : habille-toi. Nous allons faire un tour au Quai des Orfèvres.

L'autre paraissait ne pas comprendre.

— Je ne peux pas laisser le bar...

— Tu as une clef, non ?

— Qu'est-ce que vous voulez au juste de moi ? Je vous ai dit ce que je savais.

— Tu veux qu'on t'emmène de force ?

— Je viens. Mais...

Il se trouva seul à l'arrière de la petite auto et,

pendant tout le temps qu'ils roulèrent, il ne dit pas un mot. Il regardait durement devant lui, en homme qui cherche à comprendre. Janvier ne parlait pas non plus. Maigret fumait sa pipe en silence.

— Monte !

Il le fit passer le premier dans son bureau. Devant lui, il demanda à Janvier :

— Quelle heure est-il à Washington ?

— Il doit être huit heures du matin.

— Le temps que tu aies la communication, même en priorité, et il ne sera pas loin de neuf heures. Demande-moi le F.B.I. Si Clark est là, essaie de l'avoir au bout du fil. J'aimerais lui parler.

Il se débarrassa posément de son manteau, de son chapeau, les rangea dans leur placard.

— Tu peux retirer ton pardessus. Nous en avons pour un bout de temps.

— Vous ne m'avez toujours pas dit pourquoi ?...

— Combien d'heures es-tu resté dans ce bureau le jour où nous avons discuté des lingots d'or ?

Albert n'avait pas besoin de chercher dans sa mémoire.

— Quatre.

— Tu n'as rien remarqué, dans le journal le mardi matin ?

— La photo de la jeune fille.

— Il y avait une autre photo, trois types, des durs, ceux qu'on a appelés les perceurs de murailles. Il était trois heures du matin quand ils ont avoué. Il y avait très longtemps qu'ils étaient entrés dans ce bureau. *Trente heures.*

Maigret alla s'asseoir à sa place, mit de l'ordre dans ses pipes, avec l'air de chercher la meilleure.

— Toi, après quatre heures, tu as préféré en finir. Personnellement, cela m'est égal. Nous sommes un certain nombre à pouvoir nous relayer et nous avons tout le temps devant nous.

Il composa sur le cadran du téléphone le numéro de la *Brasserie Dauphine*.

— Ici, Maigret. Voulez-vous m'envoyer quelques sandwiches et de la bière ?... Pour combien ?...

Il se souvint que Janvier n'avait pas déjeuné non plus.

— Pour deux ! Tout de suite, oui. Quatre demis, entendu.

Il alluma sa pipe, marcha vers la fenêtre où il resta un moment à regarder le mouvement des voitures et des piétons sur le pont Saint-Michel.

Derrière lui, Albert allumait une cigarette d'une main qu'il voulait ferme, avec l'air sérieux d'un homme qui pèse le pour et le contre.

— Qu'est-ce que vous voulez savoir ? questionna-t-il enfin, encore hésitant.

— Tout.

— Je vous ai dit la vérité.

— Non.

Maigret ne se retournait pas pour le regarder. Vu ainsi, de dos, il avait vraiment l'air d'un homme qui n'a rien d'autre à faire qu'à attendre en fumant sa pipe et en contemplant le mouvement de la rue.

Albert se taisait à nouveau. Il se tut assez longtemps pour que le garçon de la brasserie eût le temps d'arriver avec son plateau, qu'il posa sur le bureau.

Maigret alla ouvrir la porte des inspecteurs.

— Janvier ! appela-t-il.

Celui-ci parut.

— J'aurai la communication d'ici une vingtaine de minutes.

— Sers-toi. C'est pour nous deux.

En même temps, il lui faisait signe d'aller manger son sandwich et boire sa bière dans le bureau voisin.

Maigret s'installa confortablement, se mit à manger. Les rôles étaient renversés. Tout à l'heure, au *Pickwick's Bar,* c'était Albert qui déjeunait derrière son comptoir.

Le commissaire paraissait avoir oublié sa présence et on aurait juré qu'il ne pensait à rien, qu'à mastiquer et à boire de temps en temps une gorgée de bière. Son regard errait sur les papiers épars sur le bureau.

— Vous êtes sûr de vous, hein ?

Il fit oui de la tête, la bouche pleine.

— Vous vous figurez que je vais me mettre à table ?

Il haussa les épaules, comme pour dire que cela lui était égal.

— Pourquoi avez-vous rappelé le Malgracieux ?

Maigret sourit.

Et, à ce moment-là, Albert, rageusement, déchiqueta la cigarette qu'il tenait à la main, dut se brûler les doigts, grogna :

— Merde !

Il était trop sous tension pour rester assis et il

se leva, marcha vers la fenêtre, colla son front à la vitre, regardant à son tour le mouvement du dehors.

Quand il se retourna, il avait pris son parti et sa fébrilité avait disparu, ses muscles s'étaient relâchés. Sans y être invité, il but une gorgée à un des deux verres de bière qui restaient sur le plateau, s'essuya la bouche et alla reprendre sa place. C'était son dernier geste de défi, pour sauver la face.

— Comment avez-vous deviné ? questionna-t-il.

Maigret répondit tranquillement :

— Je n'ai pas deviné. J'ai *su* tout de suite.

9

*Où il est démontré qu'un escalier
peut jouer un rôle important
et où un sac à main en joue un
plus important encore*

Maigret tira quelques bouffées de sa pipe et regarda son interlocuteur en silence. On aurait pu croire que, s'il prenait un temps, c'était à la façon d'un acteur, pour donner plus de poids à ce qu'il allait dire. Or, il n'agissait nullement ainsi par cabotinage. C'est à peine s'il voyait le visage du barman. C'était à Louise Laboine qu'il pensait. Tout le temps qu'il avait passé, silencieux, dans le bar de la rue de l'Etoile, pendant que Janvier était en bas à téléphoner, c'était elle qu'il s'était efforcé de voir entrant dans le bar plein de consommateurs, avec sa pauvre robe du soir et la cape de velours qui ne lui allait pas.

— Vois-tu, murmura-t-il enfin, ton histoire est

parfaite à première vue, presque trop parfaite, et j'y aurais cru si je n'avais pas connu la jeune fille.

Albert, surpris, questionna malgré lui :

— Vous la connaissiez ?

— J'ai fini par la connaître assez bien.

Maintenant, encore, tout en parlant, il l'imaginait cachée sous le lit, chez Mlle Poré, puis, plus tard, se disputant avec Jeanine Armenieu dans leur logement de la rue de Ponthieu. Il la suivait dans son meublé miteux de la rue d'Aboukir et devant la boutique du boulevard Magenta où elle travaillait en plein vent.

Il aurait pu répéter chacune des phrases qui lui avaient été dites à son sujet, celles de la concierge comme celles de la veuve Crêmieux.

Il la voyait entrer au *Maxim's* comme il la voyait, un mois plus tard, se faufiler, au *Roméo,* parmi les invités de la noce.

— D'abord, il est plus que probable qu'elle ne se serait pas assise au bar.

Parce qu'elle sentait qu'elle n'était pas à sa place, que tout le monde la regardait et reconnaissait du premier coup qu'elle portait une robe d'occasion.

— Même si elle s'était assise, elle n'aurait pas commandé un martini. Le tort que tu as eu, c'est de penser à elle comme à n'importe laquelle de tes clientes et, quand je t'ai demandé ce qu'elle avait bu, tu as répondu machinalement :

» — Un martini.

— Elle n'a rien bu, admit Albert.

— Elle n'est pas descendue au sous-sol non plus pour lire sa lettre. Comme cela arrive dans des bars d'habitués comme le tien, il n'y a aucune inscription au-dessus de l'escalier. Même s'il y en avait eu une, je doute qu'elle ait eu le courage de passer derrière le dos d'une vingtaine de consommateurs qui, pour la plupart, étaient sans doute plus ou moins ivres.

» Enfin, les journaux n'ont pas publié *tous* les résultats de l'autopsie. Ils ont dit que l'estomac de la morte contenait de l'alcool, sans préciser qu'il s'agissait de rhum. Or, le martini se fait avec du gin et du vermouth.

Maigret ne triomphait pas, peut-être parce que c'était toujours à Louise qu'il pensait. Il parlait à mi-voix, comme pour lui-même.

— Tu lui as vraiment remis la lettre ?

— Je lui ai remis une lettre.

— Tu veux dire une enveloppe ?

— Oui.

— Qui contenait du papier blanc ?

— Oui.

— Quand as-tu ouvert la vraie lettre ?

— Quand j'ai été sûr que Jimmy avait pris l'avion pour les Etats-Unis.

— Tu l'as fait suivre à Orly ?

— Oui.

— Pourquoi ? Tu ne savais pas encore de quoi il s'agissait.

— Un type qui sort de prison et se donne la peine de traverser l'Océan pour remettre un message à une jeune fille, cela suppose quelque chose d'important.

— Tu as gardé la lettre ?

— Je l'ai détruite.

Maigret le crut, persuadé qu'Albert ne se donnerait plus la peine de mentir.

— Qu'est-ce qu'elle disait ?

— Quelque chose dans ce genre :

» *Je ne me suis peut-être pas beaucoup occupé de toi jusqu'ici, mais tu apprendras un jour que cela valait mieux pour toi. Quoi qu'on te dise, ne me juge pas trop sévèrement. Chacun choisit sa voie, souvent à un âge où l'on n'est pas capable de discernement et, après, il est trop tard.*

» *Tu peux avoir confiance dans la personne qui te remettra cette lettre. Quand tu la recevras, je serai mort. Que cela ne t'attriste pas, j'ai l'âge de m'en aller.*

» *J'ai la consolation de savoir que tu seras désormais à l'abri du besoin. Dès que tu le pourras, demande un passeport pour les Etats-Unis. Brooklyn est un faubourg de New-York, on te l'a peut-être appris à l'école. Tu y trouveras, à l'adresse ci-dessous, un petit tailleur polonais du nom de...*

Albert s'arrêta. Maigret lui fit signe de continuer.

— Je ne me souviens pas...

— Si.

— Bon !... *du nom de Lukasek. Tu iras le trouver. Tu lui montreras ton passeport et il te remettra une certaine somme en billets...*

— C'est tout ?

— Il y avait encore trois ou quatre phrases sentimentales que je n'ai pas retenues.

— Tu as retenu l'adresse ?

— Oui. 1214, 37ᵉ rue.

— Qui as-tu mis dans le coup ?

Albert fut encore tenté de se taire. Le regard de Maigret pesait toujours sur lui et il se résigna.

— J'ai montré la lettre à un copain.

— Qui ?

— Bianchi.

— Il est toujours avec la grande Jeanne ?

Celui-là, qu'on soupçonnait d'être le chef de la bande des Corses, Maigret l'avait arrêté au moins dix fois, n'était parvenu qu'une seule fois à le faire condamner. Il est vrai que c'était pour cinq ans.

Le commissaire se leva, ouvrit la porte du bureau voisin.

— Torrence est là ?

On alla le chercher.

— Tu vas prendre deux ou trois hommes avec toi. Assure-toi que la grande Jeanne habite toujours rue Lepic. Il y a des chances que tu trouves Bianchi chez elle. S'il n'y est pas, arrange-toi pour qu'elle te dise où le trouver. Sois prudent, car il est capable de se défendre.

Albert écoutait, impassible.

— Continue.

— Qu'est-ce que vous voulez de plus ?

— Bianchi ne pouvait pas envoyer n'importe qui aux Etats-Unis pour se présenter à Lukasek et réclamer le magot. Il s'est douté que le Polonais avait des instructions et réclamerait des preuves de l'identité de la jeune fille.

C'était si évident qu'il n'attendit aucune réponse.

— Vous avez donc attendu qu'elle se présente au *Pickwick's*.

— On n'avait pas l'intention de la tuer.

Albert fut surpris d'entendre Maigret répondre :

— J'en suis persuadé.

C'étaient des professionnels qui ne prenaient pas de risques inutiles. Tout ce dont ils avaient besoin, c'était de la carte d'identité de la jeune fille. Une fois en possession de cette pièce, ils arriveraient à obtenir un passeport pour une comparse quelconque, qui prendrait la place de Louise Laboine.

— Bianchi était à ton bar ?

— Oui.

— Elle est sortie sans ouvrir l'enveloppe ?

— Oui.

— Ton chef avait une voiture à la porte ?

— Avec le Tatoué au volant. Au point où j'en suis, autant que je continue.

— Ils l'ont suivie ?

— Je n'étais pas avec eux. Ce que j'en sais, ils me l'ont raconté par la suite. Inutile que vous cherchiez le Tatoué à Paris. Il a eu le trac, après ce qui s'est passé, et a filé.

— A Marseille ?

— Probablement.

— Je suppose qu'ils avaient l'intention de lui voler son sac ?

— Oui. Ils l'ont dépassée. Bianchi est descendu de l'auto au moment où elle arrivait à leur hauteur. La rue était déserte. Il a saisi le sac à main, ignorant qu'il était accroché au poignet de la gamine par une chaînette. Elle est tombée à genoux. La voyant ouvrir la bouche pour crier, il l'a frappée au visage. Il paraît qu'elle se cramponnait à lui, essayant d'appeler au secours. C'est alors qu'il a sorti une matraque de sa poche et qu'il l'a assommée.

— Tu n'as inventé l'histoire du second Américain que pour éloigner Lognon ?

— Qu'est-ce que vous auriez fait à ma place ? Le Malgracieux n'y a vu que du feu.

Pendant la plus grande partie de l'enquête, l'inspecteur n'en avait pas moins été presque toujours en avance sur la P.J. Et, s'il s'était préoccupé davantage de la mentalité de la jeune fille, il aurait enfin eu son triomphe, qu'il attendait depuis si longtemps sans plus y croire.

A quoi pensait-il, maintenant, dans le train qui le ramenait de Bruxelles ? Il devait accuser sa malchance, être plus que jamais persuadé que le monde entier se liguait contre lui. Techniquement, il n'avait commis aucune faute, et aucun cours de police n'apprend à se mettre dans la peau d'une jeune fille, élevée à Nice, par une mère à moitié folle.

Pendant des années, Louise avait cherché obstinément sa place sans la trouver. Perdue dans un monde qu'elle ne comprenait pas, elle s'était raccrochée désespérément à la première venue et celle-ci avait fini par lui faire faux bond.

Seule, elle se raidissait dans un univers hostile, où elle essayait en vain d'apprendre les règles du jeu.

Sans doute ne savait-elle rien de son père ? Toute petite, déjà, elle devait se demander pourquoi sa mère n'était pas comme les autres, pourquoi toutes les deux vivaient différemment des voisines ?

De toutes ses forces, elle avait essayé de s'adapter. Elle avait fui. Elle avait lu les petites annonces. Et, alors que Jeanine Armenieu trouvait sans peine un emploi, elle se faisait mettre à la porte de toutes les places où elle se présentait.

Est-ce que, comme Lognon, elle avait fini par se persuader qu'il existait une sorte de conjuration contre elle ?

En quoi était-elle tellement différente ? Pourquoi était-ce sur elle que tous les ennuis s'abattaient ?

Même sa mort constituait comme une ironie du sort. Si la chaînette du sac argenté n'avait pas été enroulée à son poignet, Bianchi se serait contenté de le lui arracher et l'auto se serait éloignée à toute allure.

Aurait-elle alors raconté son histoire à la police que personne ne l'aurait crue.

— Pourquoi ont-ils transporté le corps place Vintimille ?

— D'abord, ils ne pouvaient pas la laisser à proximité de mon bar. Ensuite, habillée comme elle l'était, elle paraissait plus à sa place à Montmartre. Ils ont choisi le premier endroit désert, là-bas.

— Ils ont déjà envoyé quelqu'un au Consulat des Etats-Unis ?

— Bien sûr que non. Ils attendent.

— L'inspecteur Clark est à l'appareil, patron.

— Tu peux me passer la communication ici.

Il ne s'agissait plus que d'une vérification et c'était plutôt par curiosité personnelle que Maigret avait quelques questions à poser au F.B.I.

La conversation, comme toujours avec Clark, eut lieu moitié dans le mauvais anglais de Maigret, moitié dans le mauvais français de l'Américain, chacun s'efforçant avec application de parler le langage de l'autre.

Avant que Clark pût comprendre de quoi il s'agissait, Maigret dut citer tous les *alias* de Julius Van Cram, dit Lemke, dit Stieb, dit Ziegler, Marek, Spangler, Donley...

C'était sous le nom de Donley qu'il avait été enterré, un mois plus tôt, au pénitencier de Sing-Sing, où il purgeait une peine de huit ans, à la suite d'un abus de confiance.

— On a retrouvé le magot ?

— Seulement une petite partie.

— C'était gros ?

— Dans les cent mille dollars.

— Son complice s'appelait Jimmy ?

— Jimmy O'Malley. Il n'a eu que trois ans et a été relâché il y a deux mois.

— Il est venu faire un tour en France.

— Je croyais que sa fille se mariait prochainement.

— Il est reparti pour la noce. L'argent est à Brooklyn, chez un tailleur polonais du nom de Lukasek.

Il y avait quand même un certain frémissement de triomphe dans la voix de Maigret.

— Lukasek, qui ne sait peut-être pas ce qu'il a en dépôt, est chargé de remettre le paquet à une jeune fille du nom de Louise Laboine.

— Elle viendra ?

— Malheureusement non.

Le mot lui avait échappé. Pour le corriger, il se hâta d'ajouter :

— Elle est morte cette semaine à Paris.

Il échangea encore quelques politesses, et même quelques plaisanteries avec Clark, qu'il n'avait pas vu depuis plusieurs années. Quand il raccrocha, il parut surpris de voir Albert toujours sur sa chaise, en train de fumer une cigarette.

Les gens du F.B.I. allaient presque sûrement retrouver les dollars et les restituer à quelque banquier à qui ils appartenaient, ou peut-être à une compagnie d'assurances, car il y avait des chances que le banquier fût assuré contre le vol. Le petit tailleur polonais ferait de la prison. Probablement, pour s'être chargé de la commission, Jimmy O'Malley, au lieu d'assister au mariage de sa fille, à Baltimore, reprendrait-il sa place à Sing-Sing.

Le sort de Louise avait tenu à peu de chose, à une chaînette enroulée autour d'un poignet. Si Mademoiselle Irène, rue de Douai, avait confié un autre modèle de sac à la jeune fille qui était venue, un soir, pour lui emprunter une robe...

Et si elle était passée à temps rue de Ponthieu pour que la lettre lui soit remise en main propre ?...

Est-ce que Louise Laboine serait allée en Amérique ?

Qu'aurait-elle fait, ensuite, des cent mille dollars ?

Maigret finit son verre de bière. Elle était tiède. Il vida sa pipe, non pas dans le cendrier, mais dans le seau à charbon, en la frappant contre son talon.

— Tu veux venir, Janvier ?

Il lui désigna le barman qui sut tout de suite de quoi il s'agissait. Il commençait à avoir l'habitude.

— Emmène-le dans ton bureau, enregistre ses déclarations, fais-les-lui signer et conduis-le au Dépôt. Je téléphone au juge Coméliau.

Ce n'était que de la routine. Cela ne l'intéressait plus. Au moment où Albert franchissait la porte, il le rappela :

— J'oubliais les trois pernods.

— C'est sur le compte de la maison.

— Jamais de la vie !

Il lui tendit des billets et, comme il l'aurait fait dans le bar de la rue de l'Etoile, murmura :

— Garde le reste.

Tout comme s'il était encore derrière son comptoir aussi, le barman répondit machinalement :

— Je vous remercie.

Shadow Rock Farm, Lakeville (Connecticut),
18 janvier 1954.

Composition réalisée par JOUVE

IMPRIMÉ EN ESPAGNE PAR LIBERDUPLEX
Barcelone
Édition 01
Dépôt légal éditeur : 38924-10/2003
LIBRAIRIE GÉNÉRALE FRANÇAISE - 43, quai de Grenelle - 75015 Paris.

ISBN : 2 - 253 - 14240 - 9   ✦ 31/4240/3